daqui não saio

marco balzano

daqui não saio

Tradução
Ivone Benedetti

1ª edição

Rio de Janeiro | 2020

EDITORA-EXECUTIVA
Renata Pettengill

SUBGERENTE EDITORIAL
Marcelo Vieira

ASSISTENTE EDITORIAL
Samuel Lima

REVISÃO
Renato Carvalho

DIAGRAMAÇÃO
Júlia Moreira
Juliana Brandt

TÍTULO ORIGINAL
Resto qui

CIP-BRASIL. CATALOGAÇÃO NA PUBLICAÇÃO
SINDICATO NACIONAL DOS EDITORES DE LIVROS, RJ

B158D

Balzano, Marco, 1978-
Daqui não saio / Marco Balzano; tradução Ivone Benedetti. – 1ª ed. – Rio de Janeiro: Bertrand Brasil, 2020.

Tradução de: Resto qui
ISBN 978-85-286-2452-6

1. Romance italiano. I. Benedetti, Ivone. II. Título.

19-61625

CDD: 853
CDU: 82-31(450)

Meri Gleice Rodrigues de Souza – Bibliotecária – CRB-7/6439

Copyright © 2018 Marco Balzano
Originalmente publicado como *Resto qui* na Itália em 2018 por Giulio Einaudi editore. Esta edição é publicada mediante acordo com Piergiorgio Nicolazzini Literary Agency (PNLA)

Texto revisado segundo o novo Acordo Ortográfico da Língua Portuguesa

2020
Impresso no Brasil
Printed in Brazil

Todos os direitos reservados. Não é permitida a reprodução total ou parcial desta obra, por quaisquer meios, sem a prévia autorização por escrito da Editora.

Direitos exclusivos de publicação em língua portuguesa somente para o Brasil adquiridos pela:
EDITORA BERTRAND BRASIL LTDA.
Rua Argentina, 171 – 3º andar – São Cristóvão
20921-380 – Rio de Janeiro – RJ
Tel.: (21) 2585-2000 – Fax: (21) 2585-2084

Atendimento e venda direta ao leitor:
sac@record.com.br

A Riccardo

Uma história só perdura nas cinzas.
MONTALE

SUMÁRIO

PRIMEIRA PARTE: OS ANOS

Capítulo Um	13
Capítulo Dois	15
Capítulo Três	19
Capítulo Quatro	25
Capítulo Cinco	31
Capítulo Seis	37
Capítulo Sete	43
Capítulo Oito	47
Capítulo Nove	51
Capítulo Dez	55
Capítulo Onze	59
Capítulo Doze	63

SEGUNDA PARTE: FUGIR

Capítulo Um	69
Capítulo Dois	73

Capítulo Três	79
Capítulo Quatro	83
Capítulo Cinco	89
Capítulo Seis	95
Capítulo Sete	99
Capítulo Oito	105
Capítulo Nove	111
Capítulo Dez	115
Capítulo Onze	119
Capítulo Doze	125
Capítulo Treze	129
Capítulo Quatorze	137
Capítulo Quinze	141

TERCEIRA PARTE: A ÁGUA

Capítulo Um	147
Capítulo Dois	151
Capítulo Três	157
Capítulo Quatro	161
Capítulo Cinco	167
Capítulo Seis	173
Capítulo Sete	179
Capítulo Oito	183
Capítulo Nove	187
Capítulo Dez	191
Capítulo Onze	197
Nota	205
Agradecimentos	209

PRIMEIRA PARTE
OS ANOS

CAPÍTULO UM

Você não sabe nada de mim, no entanto sabe muito porque é minha filha. O cheiro da pele, o calor do hálito, os nervos tensos, quem lhe deu fui eu. Por isso, vou falar com você como falaria a quem tivesse me visto por dentro.

Eu saberia descrevê-la nos mínimos detalhes. Aliás, algumas manhãs, quando a neve está alta, e a casa, envolta num silêncio que corta a respiração, voltam-me novos pormenores à memória. Algumas semanas atrás me lembrei de uma pintinha no seu ombro, que você sempre me mostrava quando eu lhe dava banho na tina. Era uma obsessão sua. Ou daquele cacho atrás da orelha, o único nos cabelos cor de mel.

As poucas fotografias que conservo eu tiro com prudência da gaveta; com o tempo, as lágrimas vão ficando mais fáceis. E eu odeio chorar. Odeio chorar porque é coisa de idiotas e porque não me consola. Só me deixa exausta, sem vontade de engolir qualquer coisa ou de vestir a camisola antes de ir dormir. No entanto, é preciso cuidar de si, ter garra, mesmo quando a pele das mãos está coberta de manchas. Lutar até o fim. Isso quem me ensinou foi seu pai.

Em todos estes anos sempre me imaginei uma boa mãe. Segura, brilhante, amiga... Adjetivos que não me servem mesmo. Na cidadezinha ainda me chamam de senhora professora, mas me cumprimentam de longe. Sabem que não sou um tipo afável. Às vezes me volta à memória a brincadeira que eu fazia com as crianças do primeiro ano. "Desenhem o bicho que mais se parece com você." Agora eu desenharia uma tartaruga com a cabeça enfiada no casco.

Gosto de pensar que não teria sido uma mãe invasiva. Não lhe perguntaria, como minha mãe sempre fez, quem era este ou aquele, se você lhe dava bola ou se queria namorá-lo. Mas talvez essa seja mais uma das histórias que conto a mim mesma, e, se você estivesse aqui, eu a teria bombardeado de perguntas, olhando-a de esguelha a cada resposta evasiva. Quanto mais se passam os anos, menos a gente sente ser melhor que os pais. Aliás, se fizer comparações agora, estarei em franca desvantagem. Sua avó era rebarbativa e severa, tinha ideias claras sobre todas as coisas, distinguia facilmente o branco do preto e não tinha dúvida em agarrar tudo pelos cabelos. Eu, ao contrário, me perdi numa escala de cinzas. Ela achava que era por culpa do estudo. Considerava que qualquer pessoa instruída era inutilmente difícil. Preguiçosa, presunçosa, alguém que fica passando pente-fino em tudo. Eu, ao contrário, achava que o maior saber, em especial para as mulheres, eram as palavras. Fatos, histórias, fantasias, o que importava era ter fome de palavras e guardá-las ciosamente para quando a vida se complicasse ou se tornasse desvalida. Eu achava que as palavras podiam me salvar.

CAPÍTULO DOIS

Dos homens nunca fiz caso. A ideia de que houvesse alguma relação entre eles e o amor me parecia ridícula. Para mim, eram indivíduos desajeitados demais ou peludos demais ou rústicos demais. Às vezes as três coisas juntas. Por estes lados todos tinham um pedaço de terra e alguns animais, e dessas coisas era o cheiro que carregavam no corpo. Estábulo e suor. Se precisasse me imaginar fazendo amor, melhor com uma mulher. Melhor as duras maçãs do rosto de uma moça do que a pele espinhosa de um homem. Mas o melhor mesmo era ficar sozinha, sem prestar contas a ninguém. Aliás, ser freira é algo que não teria me desagradado nem um pouco. A ideia de me alhear do mundo me entusiasmava mais do que a de formar família. Mas Deus sempre foi um pensamento difícil demais que, quando me ocorria, me deixava perdida.

Só olhei para um: Erich. Via quando ele passava de manhãzinha, com o chapéu abaixado na testa e o cigarro no canto da boca já àquela hora. Toda vez eu queria aparecer na janela para cumprimentá-lo, mas, se abrisse, *Ma'* ia sentir frio e claro que ia mandar fechar logo.

— Trina, ficou louca?! — teria gritado.

Ma' era uma pessoa que sempre gritava. Mas, seja como for, mesmo que eu tivesse aberto a janela, o que iria dizer a ele? Com dezessete anos, eu era tão xucra que no máximo ia conseguir balbuciar. Então eu ficava olhando enquanto ele se afastava em direção aos bosques, e Grau, aquele cachorro dele todo malhado, ia empurrando o rebanho. Quando eram vacas, Erich se arrastava tão devagar que parecia imóvel. Então eu abaixava a cabeça para os livros, com a certeza de que ia vê-lo de novo no mesmo ponto e, quando levantava a cabeça, ele tinha ficado minúsculo no fim do caminho. Debaixo de uns lariços que já não existem.

Naquela primavera aumentou o número de vezes em que me vi com os livros abertos e o lápis na boca, imaginando Erich. Quando *Ma'* não estava trastejando por perto, eu perguntava a *Pa'* se a vida dos camponeses era uma existência de sonhadores. Depois de cuidar da plantação pode-se ir para os prados com os animais, sentar-se numa pedra e ficar em silêncio, a olhar o rio descendo plácido há sabe-se lá quantos séculos, o céu frio que não se sabe onde acaba.

— Os camponeses podem fazer tudo isso, né, *Pa'*?

Pa' dava uma risadinha, com o cachimbo entre os dentes.

— Vá perguntar àquele moço que você fica espiando de manhã pela janela se o trabalho dele é de sonhador...

A primeira vez que falei com ele foi no pátio do *maso**. *Pa'* era marceneiro em Resia, mas mesmo em casa parecia estar na marcenaria. Era constante o entra e sai de gente que ia pedir consertos. Quando as visitas iam embora, *Ma'* resmungava que nunca nos davam paz. Então ele, incapaz de aceitar nem meia bronca, respondia que não havia motivo nenhum para reclamar, porque um comerciante está trabalhando até quando oferece uma bebida ou troca dois dedos de prosa; aliás, é assim que se ganha freguesia. Ela, para acabar com a discussão, puxava o nariz dele, aquele nariz de couve-flor que ele tinha.

— Cresceu mais ainda — dizia ela.

— Mas em você o que cresceu foi a bunda! — rebatia ele.

Nessa altura, *Ma'* se enfurecia:

— Olha só com quem fui me casar, com um bocó! — e atirava nele o pano de cozinha.

---

* Palavra usada na região alpina oriental para indicar a típica habitação da família camponesa da região. Trata-se de uma casa de proporções e estilos variáveis, com feneiro, horta e curral anexos, cercada de prados. Seu plural é *masi*. [N.T.]

Pa' dava uma risada de desdém e atirava nela o lápis; ela, outro pano de cozinha; ele, outro lápis. Para eles, atirar coisas um no outro era declaração de amor.

Naquela tarde, Erich e *Pa'* estavam fumando e observando com olhos preguiçosos as nuvens descaídas sobre o monte Ortles. *Pa'* nos pediu que esperássemos um pouco porque ele ia buscar um cálice de grapa. Erich era do tipo que, em vez de falar, levantava o queixo e ensaiava meios sorrisos, com um jeito seguro que me dava a sensação de ser pequena.

— O que vai fazer depois dos estudos? Ser professora? — perguntou-me.

— Talvez. Ou talvez vá para longe — respondi só para dizer uma frase de gente grande.

Quando eu disse isso, ele logo fechou a cara. Deu uma longa tragada no cigarro, e a brasa quase lhe queimou os dedos.

— Eu não gostaria de sair nunca de Curon — disse, indicando o vale.

Então, olhei para ele como uma menina que ficou sem assunto, e Erich acariciou minha face para se despedir.

— Diga a seu pai que a grapa eu bebo outro dia.

Acenei um sim com a cabeça, sem saber o que dizer mais. Apoiei os cotovelos na mesa, e fiquei a observá-lo, indo embora. A toda hora eu dava uma olhada para a porta, com medo de que de repente *Ma'* aparecesse. O amor às vezes faz a gente se sentir ladra.

CAPÍTULO TRÊS

Na primavera de 1923 eu me preparava para o exame de conclusão do ensino médio. Mussolini tinha esperado justamente o meu diploma para subverter a escola. No ano anterior ocorrera a marcha sobre Bolzano, quando os fascistas submeteram a cidade a ferro e fogo. Incendiaram os edifícios públicos, espancaram pessoas, expulsaram o burgomestre e, como de costume, os carabineiros ficaram olhando. Se eles e o rei não tivessem ficado de braços cruzados, não teria existido fascismo. Ainda hoje andar por Bolzano me deixa perturbada. Tudo me parece hostil. Os sinais do "Vintênio" são muitos e, quando os revejo, imagino como Erich se consumiria de raiva.

Até aquele momento, especialmente nestes vales dos confins, a vida era marcada pelo ritmo das estações. Parecia que a história não chegava aqui em cima. Era um eco que se perdia. A língua era o alemão, a religião era a cristã, o trabalho era nos campos e nos currais. Não seria preciso acrescentar mais nada para entender esta gente da montanha de que você também faz parte, no mínimo por ter nascido aqui.

Mussolini mandou renomear estradas, rios, montanhas... Aqueles assassinos foram incomodar até os mortos, mudando epitáfios nas lápides. Italianizaram nossos nomes, substituíram as tabuletas das lojas. Fomos proibidos de usar nossas roupas. De um dia para o outro encontramos nas classes professores vênetos, lombardos, sicilianos. Eles não nos entendiam, nós não os entendíamos. O italiano aqui em Tirol do Sul era uma língua exótica, que a gente ouvia num ou noutro gramofone ou quando chegava algum vendedor de Vallarsa, que subia pelo Trentino para ir comerciar na Áustria.

O nome, que você tinha tão diferente, logo era memorizado, mas, para quem não se lembrasse dele, você era sempre a filha de Erich e Trina. Diziam que éramos parecidas como duas gotas de água.

— Se um dia ela se perder, vão levá-la para a sua casa! — balbuciava o padeiro e, para cumprimentá-la, fazia caretas com a boca banguela.

Você se lembra? Na rua, quando sentia o cheiro dos pães, você puxava minha mão, querendo me arrastar para comprar um. Não havia nada de que você gostasse mais do que de pão quente.

Eu conhecia os moradores de Curon um por um, mas, para mim, amigas eram só Maja e Barbara. Agora já não moram aqui. Foram embora há muitos anos e nem sei se ainda estão vivas. Éramos tão unidas que fizemos o mesmo curso. Não podíamos frequentar o instituto de magistério porque ficava muito longe, mas a ida a Bolzano uma vez por ano para fazer os exames era uma verdadeira aventura. Rodávamos a cidade entusiasmadas, pois finalmente víamos o mundo para além das cabanas alpinas e das montanhas. Prédios, lojas, ruas movimentadas.

Maja e eu tínhamos de fato vocação para ensinar e não víamos a hora de entrar em sala de aula. Barbara, ao contrário, teria preferido ser modista. Tinha feito a inscrição também porque "assim vamos ficar mais juntas", dizia. Naqueles anos, ela era minha sombra. Passávamos o tempo indo juntas ora à casa dela, ora à minha. Diante da porta do *maso*, uma dizia à outra:

— Ah, ainda está claro, vou com você.

Dávamos voltas imensas, margeando o rio ou o começo do bosque, e nesses passeios lembro que Barbara sempre repetia:

— Se eu tivesse o seu caráter…

— Mas por quê? Que caráter eu tenho?

— Bom, você tem ideias claras, sabe aonde quer chegar. Eu não, acho tudo muito confuso e vivo procurando alguém que me dê a mão.

— Não acho que ser como sou me faça tanto bem.

— Você diz isso porque não se contenta facilmente.

— Seja como for — dizia eu dando de ombros —, trocaria o meu caráter pela sua beleza.

Então ela sorria e, se por perto não houvesse ninguém ou se estivesse escurecendo, me dava um beijo e dizia palavras doces de que já não me lembro.

Com a ascensão do *duce*, estava claro que corríamos o risco de ficar sem trabalho porque não éramos italianas; por isso, nós três começamos a estudar a língua com a esperança de sermos contratadas assim mesmo. As tardes daquela primavera nós passamos com livros de gramática à beira do lago. O encontro era depois do almoço, uma vinha com a sobremesa num guardanapo, outra acabando de engolir a comida.

— Agora chega de falar alemão! — dizia eu para botar ordem.

— Eu queria ser professora, mas não da língua dos outros! — protestava Maja, dando safanões naquele seu caderno cheio de rabiscos.

— E eu então, que queria desenhar vestidos? — soltava Barbara.

— Mas ninguém te obrigou a virar professora — rebatia Maja.

— Escuta só essa víbora... O que ela quer dizer com "ninguém me obrigou"? — protestava, prendendo num rabo de cavalo aquela grenha de cabelos ruivos que a cobria. Depois atacava de novo com a história de que devíamos ficar solteiras e morar juntas.

— Ouçam o que eu digo: se a gente se casar, vai virar empregada! — concluía convicta.

Depois de voltar para casa, eu logo ia dormir. Vivia com fome de solidão. Metia-me na cama e ficava na escuridão úmida do quarto, pensando. Pensava que, querendo ou não, estava me tornando adulta, e a coisa me perturbava. Não sei se você também teve esses medos ou se é parecida com seu pai, que via a vida como um rio. Eu, com a aproximação de alguma mudança ou de alguma meta, fosse o diploma ou o casamento, sentia sem falta vontade de fugir e mandar tudo pelos ares. Por que viver quer dizer obrigatoriamente avançar? Mesmo no momento de seu parto eu pensava: "Por que não posso ficar com ela aqui dentro mais um pouco?"

Em maio, Maja, Barbara e eu passávamos juntas todos os dias da semana, já não mais como nos anos anteriores, quando nos víamos de vez em quando ou na missa de domingo. Praticávamos aquela língua estranha, na esperança de que os fascistas dessem alguma importância ao nosso empenho e ao nosso diploma. Mas, como no fundo nem nós acreditávamos nisso, passávamos o tempo menos estudando gramática do que ouvindo as canções dos discos italianos de Barbara.

Un bacio ti darò
Se qui ritornerai.
Ma non ti bacerò
*Se alla guerra partirai.**

Uma semana antes dos exames escritos, *Pa'* me deu permissão de dormir na casa de Barbara. Foi difícil, mas no fim ganhei a parada.

— Está bom, menina, vamos combinar uma coisa: você vai dormir na casa de sua amiga, mas me traz um boletim supimpa.

— E para você o que é um boletim supimpa? — perguntei depois de lhe dar um beijo na bochecha.

— Ora, um com média dez! — disse, abrindo as mãos.

E *Ma'*, que estava sentada ao lado dele, fazendo meias, assentiu. Quando tinha um tempinho, ela sempre fazia meias, porque frio nos pés é frio em todo o corpo, dizia.

Mas não ganhei nota máxima. Quem pagou as bebidas e fez a torta, como tínhamos combinado no início das aulas, foi Maja. Ainda que, segundo Barbara, ela tivesse tirado dez porque tinha um professor safado que ficava olhando os peitos dela.

---

* Um beijo te darei / Se para cá voltares. / Mas não te beijarei / Se partires para a guerra. [N. T.]

— Eu tirei sete porque tenho estas duas maçãzinhas! — protestou, projetando os seios para a frente e pesando-os nas mãos.

— Você tirou sete porque é burra! — respondeu Maja, e logo a outra a agarrou pelos cabelos e as duas rolaram pelo capim.

Eu olhava rindo, com os olhos meio fechados, por causa da luz do sol.

CAPÍTULO QUATRO

Depois de diplomadas, ainda nos encontrávamos à beira do lago e debaixo dos lariços, mas de estudar italiano ninguém falava.

— Se a escola nos contratar, ótimo; se não, que vão para o inferno! — concluía Maja precipitadamente.

— Diploma aqui ninguém tem, então vão ser obrigados a nos contratar — dizia Barbara.

— Que importância os fascistas dão àquele pedaço de papel? O que lhes interessa é empregar os italianos.

— No fim, a gente estudou para nada — bufava Maja.

— Vou ter de ir para a venda com meu pai, e a gente não vai fazer outra coisa além de brigar.

— Bem melhor do que ficar em casa remendando meia — dizia eu, que me sentia asfixiada só de pensar em passar os dias com *Ma'*.

Enquanto isso, os fascistas ocupavam não só as escolas, mas as prefeituras, os correios, os tribunais. Os funcionários tiroleses eram mandados embora sem aviso prévio, e os italianos afixavam nos escritórios cartazes que diziam: *Proibido falar alemão* e *Mussolini sempre tem razão*. Impunham blecautes, concentrações nos sábados à tarde para a passagem do *podestà*, suas festas encomendadas.

Maja dizia:

— Parece que estou pisando em terreno minado.

Logo se cansava de nossas tagarelices, que sempre acabavam em coisas sem importância.

— Vocês não estão vendo que diabo está acontecendo? — explodia, aborrecida. — Curon, Resia, San Valentino... desde que os fascistas apareceram nada mais é nosso. Os homens não vão à taverna, as mulheres têm medo de andar na rua, à noite não se vê vivalma por aí! Como é que tudo isso passa em brancas nuvens para vocês?

— Meu irmão diz que o fascismo está com os dias contados — respondia Barbara, tentando acalmá-la.

Mas Maja não se acalmava de jeito nenhum. Bufava como um cavalo e deixava-se cair de costas na relva, dizendo que não passávamos de duas vaidosas.

Ela havia recebido uma educação diferente da nossa. Tinha um pai instruído que passava horas explicando aos filhos o que estava acontecendo em Tirol do Sul e no mundo. Contava quem era este governante, quem era aquele ministro e, se em sua casa aparecêssemos Barbara e eu, desandava numas conversas compridas, numa lista interminável de nomes e lugares que a gente nunca tinha ouvido. No fim, nos alertava com a seguinte frase: "Quando se casarem, digam aos maridos e lembrem-se disso também: se vocês não cuidarem de política, a política cuidará de vocês!" E retirava-se para outro aposento. Maja adorava o pai e, assim que ele acabava de falar, ela sempre acenava um sim com a cabeça em sinal de obediência. Barbara e eu ficávamos olhando pela janela porque nos sentíamos umas babacas.

— Nesse passo Maja vai ficar mais fanática que o pai — dizia Barbara quando voltávamos para casa.

Algumas vezes Barbara e eu saíamos sozinhas. Montávamos nas bicicletas e íamos até San Valentino, margeando o lago, sentindo o frescor da água que aderia aos rostos suados.

— Parece que as montanhas estão crescendo com a gente — dizia ela, pedalando com o queixo levantado.

— Você não acha que elas nos escondem o mundo? — perguntava eu, que um dia queria fugir, mas isso depois de me trancar em casa.

— Que lhe importa o mundo? — respondia ela, rindo.

Quando voltava da marcenaria, *Pa'* repetia que por aí ainda se respirava um ar de guerra. Os pais de Maja diziam que era melhor ir embora para a Áustria, para ficar longe dos fascistas. Os de Barbara queriam ir morar com parentes na Alemanha.

Mesmo a população do Tirol do Sul mudava nesse período. Passavam-se os meses e continuavam chegando colônias de italianos mandadas pelo *duce*. Até aqui em Curon chegaram alguns. Eram logo reconhecidos aqueles forasteiros do Sul, com mala na mão e o nariz empinado, olhando ladeiras nunca vistas, nuvens próximas demais.

Desde o primeiro momento fomos nós contra eles. A língua de um contra a do outro. A prepotência do poder recente e quem reivindica raízes seculares.

Erich passava com frequência por nossa casa, *Pa'* e ele eram amigos desde sempre: meu pai gostava dele porque Erich era órfão.

Ma', ao contrário, não ia muito com a cara dele.

— Esse moço é arrogante — dizia. — Parece que faz um favor quando fala com a gente.

Dos outros esperava toda a expansividade que ela mesma não tinha. *Pa'* o convidava a sentar-se na banqueta, depois girava a cadeira ao contrário e apoiava os cotovelos no espaldar, pondo as faces barbudas entre as mãos. Erich parecia filho dele. Um filho inquieto, que pede conselhos sobre todas as coisas. Eu espiava de trás do batente da porta. Tentava ser sutil, prendendo a respiração, colando a palma das mãos na parede. Se meu irmão Peppi aparecesse, eu o agarrava de lado e lhe tapava a boca. Ele tentava se livrar, mas naqueles tempos eu ainda conseguia imobilizá-lo. Era sete anos mais novo que eu, o Peppi, e, além de queridinho da mamãe, eu não sabia o que mais dizer a ele. Não passava de um fedelho de cara suja e joelhos esfolados.

— Parece que o governo italiano está querendo retomar o projeto da represa — disse Erich certa noite. — Uns camponeses que levam os animais pelos lados de San Valentino viram equipes de trabalho chegando.

Pa' deu de ombros:

— Dizem isso há anos, mas depois não fazem nada — respondeu com seu sorriso bonachão.

— Se construírem, vamos precisar encontrar um jeito de interromper — continuou Erich, olhando para outro lado. — Os fascistas têm todo o interesse em nos arruinar e nos espalhar pela Itália.

— Fique tranquilo, admitindo-se que o fascismo dure, aqui não dá para construir uma represa, o terreno é lamacento.

Mas os olhos cinzentos de Erich continuavam inquietos como os de um gato.

A represa tinha sido anunciada pela primeira vez em 1911. Empresários da Montecatini queriam desapropriar Resia e Curon e explorar a correnteza do rio para produzir energia. Industriais e políticos italianos diziam que o Alto Adige era uma mina de ouro branco e, com frequência cada vez maior, mandavam engenheiros para inspecionar os vales e sondar os cursos dos rios. Nossas cidadezinhas desapareceriam debaixo de um túmulo de água. As casas, a igreja, as lojas, os campos onde os rebanhos pastavam: tudo submerso. Com a represa perderíamos lares, animais, trabalho. Com a represa não sobraria mais nada de nós. Precisaríamos emigrar, virar outras pessoas. Outro ganha-pão, outro lugar, outro povo. Morreríamos longe de Val Venosta e do Tirol.

Em 1911 o projeto não vingou porque o solo foi considerado de risco. Não tinha consistência, era constituído apenas de detritos de dolomita. Mas, depois que o fascismo subiu ao poder, todos sabiam que o *duce* logo mandaria construir polos industriais em Bolzano e Merano — essas cidades ficariam com o dobro ou o triplo do tamanho, chegariam levas de italianos em busca de trabalho —, e a demanda de energia aumentaria enormemente.

Na taverna, no adro da igreja, na marcenaria de *Pa'*, Erich se esgoelava:

— Atenção, eles vão voltar. Podem ter certeza de que virão de novo.

Mas, enquanto ele se empenhava tanto, os camponeses continuavam bebendo, fumando, embaralhando as cartas. Liquidavam o discurso fazendo caretas ou agitando as mãos como se espantassem moscas.

— O que eles não veem não existe — dizia Erich a *Pa'*. — É só lhes dar um copo de vinho, e não pensam em mais nada.

CAPÍTULO CINCO

Em vez de nos contratarem, admitiram semianalfabetos sicilianos e da zona rural vêneta. Aliás, o fato de as crianças tirolesas aprenderem alguma coisa era o último dos problemas do *duce*.

Nós três passávamos os dias circulando desanimadas pela praça movimentada, entre vendedores ambulantes que não paravam de gritar até a noite e mulheres que formavam rodinhas em volta das carroças.

Certa manhã o padre veio falar conosco. Conduziu-nos para uma ruela deserta, com muros manchados de musgo. Disse que, se quiséssemos de fato lecionar, que fôssemos às catacumbas. Ir às catacumbas significava dar aulas clandestinamente. Era ilegal e significava multas, espancamentos, óleo de rícino. Podia-se até acabar no exílio em alguma ilha do fim do mundo. Barbara logo disse que não; eu e Maja nos olhamos, hesitantes.

— Não há tempo para pensar! — instou o padre.

Quando falei disso em casa, *Ma'* começou a gritar, dizendo que eu ia acabar na Sicília, no meio dos negros. *Pa'*, ao contrário, disse que eu fazia bem. Na realidade, eu não queria ir, nunca fui corajosa. Fui para fazer bonito com Erich. Eu o tinha ouvido contar que assistia a assembleias clandestinas, arranjava jornais alemães, participava de um grupo que defendia a anexação à Alemanha. Ensinar nas catacumbas parecia-me um bom modo de impressioná-lo, além de entender se o que eu tinha mesmo em mente era ser professora.

O padre me destinou a uma adega em San Valentino, e Maja, a um curral em Resia. Eu ia por volta das cinco da tarde, quando já estava escuro. Ou então aos domingos, antes da missa, quando também estava escuro. Pedalava até não poder mais, entrava por trilhas de terra batida que não sabia existirem. Com o movimento de uma folha, o estridular de um grilo, eu tinha ímpetos de berrar. Deixava a bicicleta atrás de uma moita antes da cidadezinha e saía andando de cabeça baixa para não cruzar com nenhum carabineiro. Agora parecia que se reproduziam como traças aqueles malditos carabineiros. Eu os via por toda parte.

Na adega da senhora Marta empilhávamos garrafões e móveis velhos e nos sentávamos em montes de palha. Falávamos baixo, porque era preciso ficar atentos aos ruídos de fora. Bastavam alguns passos no pátio para nos assustar. Os meninos eram mais inconscientes, mas as meninas me olhavam com olhos trêmulos. Eram sete, e eu os ensinei a ler e escrever. Tomava as mãos deles e as encerrava na minha, que era uma couraça. Guiava-os no desenho das letras do alfabeto, das palavras, das primeiras frases. No início parecia impossível, mas depois, de noite em noite, eles se tornavam capazes de soletrar devagar, lendo em voz alta, um por vez, acompanhando com o dedo para não errar a linha. Era lindo ensinar alemão. Eu gostava tanto que às vezes esquecia que era professora clandestina. Pensava em Erich: ele ficaria orgulhoso se me visse lá embaixo, empenhada em escrever num pedaço de ardósia letras e números que as crianças copiavam e repetiam em coro, baixinho. Na volta para casa, eu soltava os cabelos, porque, senão, a dor de cabeça não passava. Mas até a dor de cabeça era boa companhia, pois me distraía do medo.

Uma noite dois carabineiros arrombaram a porta da adega, como se fôssemos bandidos. Uma menina começou a gritar, os outros se espalharam pelos cantos, virados para a parede, para não ver. Só Sepp ficou no lugar, depois aproximou-se devagar de um carabineiro. Xingou-o com uma raiva calma que nunca mais esquecerei. O carabineiro não entendia alemão, mas deu-lhe um bofetão no rosto. O menino não se moveu nem um centímetro. Não chorou. Não deixou de fitá-lo com ódio.

Quando todos saíram, os carabineiros espatifaram a lousa contra a parede, chutaram os garrafões, derrubaram os móveis.

— Vamos te meter na cadeia! — berravam, arrastando-me para a prefeitura.

Deixaram-me a noite toda trancada num aposento vazio. Dependurada na parede havia uma foto de Mussolini com as mãos na cintura e o olhar altivo. Diziam que era muito amado pelas mulheres, e eu tentava entender o que ele tinha de tão bonito. Mal pegava no sono, entrava um carabineiro e batia com um pau na mesa para me acordar. Apontava uma lâmpada para meu rosto e repetia: "quem lhe passa o material?", "onde estão escondidos os outros professores clandestinos?", "quem são os pais das crianças?"

Quando *Pa'* foi me buscar, arrancaram-lhe o bigode, como sempre faziam quando não iam com a cara de alguém. Depois lhe extorquiram um dinheirão. Eu me sentia um trapo, com dor de estômago, os olhos congestionados. Achava que *Pa'* me obrigaria a deixar de ir, mas, na fonte, enquanto me passava um pano molhado no rosto, ele disse:

— Agora só resta continuar.

Mudamos de lugar. Fomos para o sótão de um freguês de *Pa'*. Vieram todos, só a menina que se pusera a gritar não quis voltar. Os alunos tinham mal e mal algumas folhas de papel, às vezes nem isso. Alguns tinham uma página arrancada do caderno usado na escola italiana, que eram obrigados a frequentar. No fim da aula, eu os mandava sair pelos fundos. Uma vez, quando bateram à porta de repente, subimos correndo para o telhado, velozes como ratos. Eu os segurava, com medo de que rolassem para baixo, e a dona da casa chegou rindo para dizer que era o padeiro, que viera entregar o pão.

Chegando o verão tudo ficou mais fácil. As aulas eram dadas nos campos, e o sol e toda aquela luz não permitiam que se pensasse em nada errado. Ao ar livre, camuflar a escola clandestina virava brincadeira. Passávamos horas ensaiando uma peça que eu queria montar no Natal no *maso* de Maja, líamos em voz alta as fábulas de Andersen e dos irmãos Grimm, mas também poesias proibidas, que eu sabia de cor por tê-las aprendido na infância, quando ainda existia a escola austríaca. De vez em quando, algum barulho vindo da estrada me deixava muda, então Sepp segurava minha mão e me tranquilizava com seus olhos de gelo. Anos depois fiquei sabendo que Sepp se tornara um dos mais jovens colaboradores nazistas. Selecionava os prisioneiros no campo de concentração de Bolzano.

Toda noite eu sonhava com carabineiros e camisas negras. Acordava sobressaltada, suando em bicas, e ficava horas olhando o teto. Antes de voltar a dormir, percorria a casa, para me certificar de que de fato não estavam lá. Olhava até debaixo da cama, dentro do armário, e *Ma'*, que tinha sono leve, dizia do outro quarto:

— Trina, pode-se saber o que está fazendo em pé a esta hora?

— Preciso verificar se há carabineiros por aqui! — respondia eu.

— Debaixo da cama?

— É...

Então eu a ouvia virar-se de lado e resmungar que eu era meio louca.

Enquanto isso, as escolas clandestinas aumentavam. Da Baviera e da Áustria os contrabandistas nos traziam cadernos, ábacos, lousas. Deixavam tudo com os padres, que depois selecionavam o material. Os fascistas, apesar de pregarem em toda parte os cartazes de *Proibido falar alemão*, não conseguiam italianizar nada de nada e se tornavam cada vez mais violentos.

Quando o inverno voltou, para ludibriar os carabineiros, as crianças começaram a se disfarçar. Apareciam metidas em capotes como se estivessem com febre, em macacões de trabalho ajustados de qualquer jeito, ou enfeitadas como se fossem para a primeira comunhão... Quando, à noite, eu voltava pedalando e finalmente aparecia minha casa, com o lampião de gás aceso atrás dos vidros esfumaçados, eu ria como quem tivesse passado a perna neles outra vez.

Um dia Barbara e eu saímos. Beijamo-nos sobre a relva e, quando nos levantamos, estávamos com os vestidos rasgados. Gostávamos de nos beijar, mas não sei dizer por que o fazíamos. Quando somos tão jovens, talvez não haja utilidade num porquê. Estávamos sentadas sobre um tronco cortado, e Barbara tinha um embrulho de papel com biscoitos de chocolate.

— Gosto de ensinar em alemão — contei-lhe com a boca cheia — e gosto mais ainda de saber que o que estou fazendo é contra os fascistas.

— Mas você não tem medo?
— No começo tinha, agora aprendi a observar a cara das crianças. Quando estão tranquilas eu também fico tranquila.
— Aqueles desgraçados não nos deixaram lecionar nem um dia — disse, desconsolada.
— Por que não vem com a gente?
— Trina, já lhe disse, não tenho o seu caráter. Se tivesse acontecido comigo o que lhe aconteceu, eu teria morrido de infarto.
— Foi só um susto.
— Agora estou dando uma mão na loja, meu pai conta comigo — continuou, esquivando-se.
— Mas você pode lecionar sem parar de trabalhar! Vai dar aulas quando tiver algumas horas livres — concluí, apressada. — Vai ver como lhe fará bem estar com as crianças, são muito melhores que os adultos.

Ficou pensando bastante tempo, mordendo os lábios, depois disse:
— Está bem, mas não diga a ninguém. Nem aos meus pais.

Quando falei com o padre, ele aprovou de imediato. Em Resia havia outro grupo pronto para começar.

Barbara só teve tempo de me dizer que estava se divertindo e gostando. Era um entardecer de quinta-feira, chovia em Curon. A costumeira chuva oblíqua de novembro. Eu estava em casa com Peppi; fazíamos a massa das almôndegas.

Alguém lá fora deixou a bicicleta cair. Deu socos na porta, tentando entrar:
— Foram lá embaixo, arrombaram a sacristia, quebraram tudo, expulsaram as crianças a pontapés! — gritou. — Quando ela ficou sozinha, eles a arrastaram pelos cabelos e a jogaram no carro — continuou Maja, arquejante e com olhar sinistro. — Vai ser exilada em Lipari.

Não consegui nem perguntar se ela havia apanhado. Fiquei parada, sentindo a saliva espessa na boca.

Na soleira de casa a chuva continuava caindo, molhando meu rosto.

CAPÍTULO SEIS

P*a'* e Erich repetiam os mesmos gestos. As conversas, a grapa, os cigarros. Eu também repetia os mesmos gestos. Postava-me atrás do batente, tinha meus devaneios e fugia para a cozinha assim que ele se levantava para ir embora. Todas as vezes eu fingia estar dobrando uma toalha ou bebendo água como se tivesse chegado do deserto. Achava que continuaria assim infinitamente. E no fundo não me desagradava. Vendo-o sempre só, sempre sentado naquela banqueta, eu sentia que não estava sozinha. Não será esse um modo de se amar também? Continuar a olhá-lo às escondidas, sem precisar montar o costumeiro teatrinho de casamento e filhos?

Depois, num dia de novembro, apareceu com um corte enorme na mandíbula, um ferimento que descia pelo pescoço até debaixo da camisa. Parecia que alguém tinha tentado partir a cabeça dele ao meio, como uma melancia. *Pa'*, instintivamente, o agarrou por debaixo dos braços e o levou para a cadeira defronte à estufa.

— Nas últimas noites passamos, eu e um grupo de camponeses, de tocaia fora do povoado. Chegaram inspetores italianos. "Moramos aqui há séculos, aqui vivem nossos pais e nossos filhos: aqui estão os nossos mortos!", gritei. Nessa altura, um daqueles covardes puxou o cassetete, mas um engenheiro o segurou, respondendo para mim que chegaríamos a um acordo. "O progresso vale mais que um punhado de casas", disse.

Estava triste por vê-lo machucado, mas também feliz por finalmente estar perto dele sem precisar me esconder. Queria medicá-lo com algodão e dizer "continue falando, Erich, e deixe comigo a tarefa de tratá-lo".

— Outro dos nossos gritou que não iríamos embora com nenhum argumento, que toda a cidade resistiria. "Vamos pegar os forcados, abrir os currais, soltar os cachorros!", gritava. Foi assim que chegaram os golpes de cassetete e as chicotadas.

E ele tocou no ferimento como se, sem aquele gesto, não pudéssemos acreditar.

Pa' ouvia, boquiaberto.

— Quer comer conosco? — perguntei.

E logo *Ma'* me lançou um olhar fulminante.

Erich, porém, disse que tinha necessidade de ficar sozinho.

Uma tarde fui à casa de Barbara. Não conseguia aceitar que, morando a cem passos de distância, de um dia para outro já não nos déssemos a mão, não passeássemos juntas. Por isso, depois do almoço, assim que *Ma'* foi se deitar, peguei da mesa uma fatia de bolo, enrolei num pano de cozinha e saí de casa sem dizer nada a ninguém.

Cheguei suada diante da porta do *maso* de Barbara e ali, de repente, fiquei paralisada. Não conseguia bater nem chamar o nome dela. Parei lá, esperando que da janela próxima ao curral Barbara aparecesse como quando os pais não lhe davam permissão para sair. Em alguns dias de verão ela a deixava aberta e, quando eu passava para chamá-la, assobiava. Ela respondia com outro assobio e depois, com um pulo, estava embaixo, sempre trazendo um pacotinho com algum doce que comíamos caminhando. Sua irmã, Alexandra, dizia que éramos mais grosseiras que os pastores quando assobiávamos daquele jeito.

Fiquei não sei quanto tempo diante da porta, com as pernas enrijecidas, sem conseguir nem voltar. Até que por fim foi exatamente Alexandra quem saiu. Tinha sacolas nas mãos e, quando me viu, deixou-as cair no chão.

— Posso falar com Barbara? — perguntei, com um fio de voz.

Alexandra arregalou os olhos, e não sei o que era maior, o desprezo ou o espanto. Depois levantou o queixo para me mandar embora.

— Posso falar com Barbara? — perguntei de novo.

— Não está em casa.

— Diz isso porque não quer que a gente converse.

— Isso mesmo, não quero — disse, apertando os lábios. — E nem ela quer.

— Por favor — repeti. — Daqui mesmo, é só ela aparecer um minuto.

— Por sua culpa ela vai ser exilada, está sabendo?

Ficamos em silêncio, como duelistas. Do curral ouviam-se os balidos das ovelhas.

— Saia da frente! — gritei de repente. — Saia da frente! — gritei de novo. E investi contra ela de cabeça baixa, como um touro, e, enquanto a agarrava, tinha a impressão de que não era eu quem decidia minhas ações, mas uma parte do corpo que eu não conhecia. Lutamos engalfinhadas como cães. Alexandra me puxou pelos cabelos e me atirou no chão com um pontapé.

— Se não for embora, vou chamar meu pai.

Num segundo me dei conta do que tinha aprontado e quis morrer de vergonha. Minhas lágrimas escorriam pelas faces arranhadas pelas unhas dela.

Alexandra ficou guardando a porta até que eu me afastasse. Caminhando, eu queria me virar pela última vez e pedir-lhe que pelo menos desse a Barbara aquela fatia de bolo que eu tinha levado e estava caída no chão, perto das sacolas. Mas a voz não saía.

Fiquei vagando sozinha, sem direção. Já era noite quando voltei para casa. Assim que entrei, *Pa'* veio ao meu encontro.

— Pode-se saber onde esteve? Está escuro faz um tempão, sua infeliz!

Eu ainda estava vermelha de chorar, mas ele não percebeu nada, nem os arranhões, empenhado como estava em me passar um sermão.

— Ainda bem que a sua mãe está com febre e foi dormir com as galinhas.

Pedi desculpa, jurei que nunca mais aconteceria aquilo e estava já indo para a cama quando ele me disse que precisava me dizer uma coisa importante.

— Amanhã, *Pa'*, tive um dia horrível.

Ele apoiou as mãos nos meus braços e me obrigou a me sentar na banqueta.

— Falei com ele — disse.
— Ele quem?
— Como assim "ele quem"?!
— Já disse, *Pa'*, tive um dia horrível. Deixe ir dormir.
— Ele disse que não tinha pensado no assunto, mas que para ele está bem. Aliás, está contente!

Só naquele momento entendi que ele se referia a Erich, e então esfreguei o rosto com as mãos e enxuguei os olhos com o lenço dele.

— Mas por que não me pediu permissão?
— Ora bolas, menina, eu tento ajudá-la e você me trata assim? Não quer se casar com ele? Prefere continuar dobrando toalhas a vida toda?

Nunca me senti tão atordoada, com as têmporas pulsando e uns soluços que eu não conseguia controlar.

— Mas ele gosta de mim, sim ou não? — foi só isso que consegui perguntar entre um soluço e outro.
— Claro, bonita como você é!
— Sou bonita para você. Mas e ele, gosta de mim?
— E como é que não iria gostar, pode-se saber?
— E *Ma'*? Quem é que vai contar a ela? — gritei com raiva, esmagada por toda aquela confusão.
— Um problema por vez — disse ele, esticando os braços e olhando-me com espanto, pelo modo como estava me comportando.
— Posso ir dormir agora?
— Diga pelo menos se quer se casar com ele.
— Para mim tudo bem casar com Erich — respondi, levantando-me da banqueta.
— Mas se quer se casar com ele, por que continua choramingando? — gritou, esvaziando o fornilho do cachimbo.

Eu não conseguia articular uma palavra, e ele então se aproximou e me abraçou mais forte do que quando eu tinha voltado do exame de conclusão do curso.

— Estou contente, Trina. Ele é órfão, é pobre e tem o menor pedaço de terra da região. Em suma, tem todos os requisitos para fazer você passar fome! — riu, esperando que finalmente eu também risse.

Devo ter levado uma semana para me recuperar dos acontecimentos daquele dia. Quando finalmente me acalmei e percebi as coisas um pouco melhor, fui falar com *Ma'* e lhe perguntei:

— Então, posso me casar com ele?

Ma' continuou limpando o pó e, sem nem se virar para mim, respondeu:

— Faça o que quiser, Trina. Você é muito respondona para eu me pôr a discutir com você. Se a minha opinião lhe interessasse, já teria me consultado na hora certa.

Dela eu não podia esperar mais.

CAPÍTULO SETE

Quando *Pa'* me levou ao altar, naquela igreja toda adornada com os gerânios que Maja tinha dependurado em todo lugar, foi difícil segurar as lágrimas. Não por causa da emoção, mas porque, exatamente naquele dia, tinham embarcado Barbara num carro que a levou para o exílio. Teve tratamento pior que o de uma puta, foi obrigada a desfilar pelas ruas com algemas nos pulsos. Eu estava com um vestido branco todo engomado, cheio de enfeites, trança nos cabelos e sapatos de verniz, e ela ia despenteada e com chinelas velhas nos pés. As pessoas me esperavam na igreja, e todos, inclusive o padre, achavam que eu demorava porque estava me arrumando. Mas eu estava no adro chorando e pedindo a *Pa'* que me levasse vestida daquele jeito mesmo até Barbara, para eu falar com os carabineiros e confessar que a culpa era toda minha, e que eu também devia ser exilada.

— Pare com isso, menina — repetia ele com paciência, oferecendo-me seu lenço.

E, se a certa altura Peppi não tivesse saído para ajudá-lo a me arrastar para o altar, talvez eu tivesse de fato arruinado a cerimônia.

Fomos morar no *maso* de Erich, que tinha sido dos pais dele. Via-se que era uma casa de mortos. A sala era escura e sobre os móveis ficavam as fotos da mãe dele, que estavam o tempo todo diante de meus olhos. A mãe moça, a mãe com os filhos, a mãe com a mãe dela. Tive trabalho para modificar o aspecto dos aposentos, pintei as paredes sozinha e comecei a mudar a mobília de lugar. Vez ou outra, enquanto eu arrastava os móveis, algum porta-retratos caía, e o vidro se espatifava. Então eu recolhia os cacos com a vassoura, beijava a foto da morta para pedir desculpas e a enfiava na última gaveta, com um suspiro de libertação. No prazo de um mês, tinha me livrado de todas.

Naquele *maso* não faltava espaço e ao redor havia um belo prado, onde Grau se divertia correndo, mas por causa da proximidade dos currais havia no ar um cheiro de estrume e forragem que penetrava na pele, e em certas noites eu tinha vontade de vomitar. Para não falar do frio, que no inverno nos obrigava a girar com cobertores nos ombros como fantasmas. Por debaixo da porta, então, passavam correntes de ar que emitiam uns assobios espantosos. Ficávamos o tempo todo grudados à estufa de maiólica e nos lavávamos quando dava. Depois do jantar, logo nos enfiávamos na cama, e quase toda noite Erich se aproximava de mim como um animal manso para fazer amor. Para mim, era como um rito, e não posso dizer que gostava nem que desgostava. Aquilo lhe fazia bem, e era o que me bastava. Enquanto ele fazia amor comigo, às vezes eu pensava em Barbara, perguntando-me onde ela teria ido parar e como me odiaria.

Eu me levantava com ele antes de clarear, preparava-lhe a sopa de pão e leite e, se fosse preciso, ajudava-o a ordenhar as vacas e a distribuir o feno. Não me custava levantar cedo. Quando ficava sozinha, preparava para mim outra xícara de cevada, depois ia ter com as crianças. O padre tinha me mandado para um barracão de ferramentas atrás do açougue. Haviam sobrado três alunos. Os fascistas tinham feito novas buscas em todo o vale, multado e detido outros professores. Só os sacerdotes, com a desculpa do catecismo, ainda conseguiam ensinar alemão.

Depois da escola eu passava pela casa de meus pais para comer. Muitas vezes ficava lá, ou então voltava para casa e me punha a ler. *Ma'* não suportava que eu perdesse tempo assim. Se me visse com um livro nas mãos, resmungava que eu levaria livros até ao inferno e começava a desfiar um rosário de ofícios, atormentando-me com a mesma ladainha: eu precisava aprender a costurar para quando chegassem os filhos.

Aos domingos Erich e eu saíamos de bicicleta. Ficávamos na beira do rio, enchíamos cestas de cogumelos, percorríamos trilhas que se encarapitavam nos cumes. Conheço o vale porque ele me levou a conhecê-lo, e não porque nasci ali. Quando lá no alto eu sentia frio, ele me esfregava as costas. Tinha mãos compridas e nervosas, que eu gostava de sentir sobre mim. Mesmo nos feriados ele acordava com o raiar do dia e dizia:

— Ânimo, vamos andar, o céu está limpo!

Eu gostava de preguiçar, mas Erich preparava o café de cevada, levava-o para mim na cama e depois puxava os lençóis.

Em filhos dizia que não pensava e, quando eu argumentava que os queria, ele dava de ombros.

— Virão quando quiserem — atalhava ele.

Mal tivemos tempo de dizer essas coisas, fiquei grávida. Tinha acabado de sair do barracão, a certa altura sinto fortíssima náusea, como uma pontada. Pedalo depressa para casa, corro para a bacia, mas, como de costume, a indecisão me empata, e eu me digo que é melhor ficar lá fora. O resultado é que vomito na porta.

— Eu não disse que eles vêm quando querem? — disse Erich rindo e apoiando minha cabeça em seu peito.

Durante a gravidez eu vivia com sono; assim que voltava do barracão, comia alguma coisa e me metia na cama. Medo dos fascistas eu não tinha mais e, mesmo estando grávida, não queria de jeito nenhum parar de dar aulas clandestinas. A barriga me transmitia proteção, e não medo.

Quando Erich voltava dos campos, punha a mão sobre meu ventre e dizia que, em sua opinião, devia ser menina e queria que ela se chamasse Anna, como a mãe dele.

— Se for menina, vai se chamar Màrica — respondia eu, encerrando a discussão.

CAPÍTULO OITO

Michael no começo comia e dormia feliz no berço que *Pa'* construíra e *Ma'* forrara de algodão. Nunca chorava e na verdade nem abria a boca. Pronunciou as primeiras palavras com três anos completos. Exatamente o contrário de você. Erich só servia para lhe fazer dois paparicos e colocá-lo para dormir em seu ombro; pelo resto não se interessava. Quando eu lhe perguntava por que não se esforçava para ficar um pouco mais com ele, dizia que, enquanto ele não falasse, não sabia o que lhe dizer.

Para mim não era tão penoso: ainda conseguia lecionar e passear com Maja. Até porque podia contar com *Ma'*, que vinha todas as manhãs me ajudar. Mas eu não gostava de ser ajudada por ela. Assim que entrava em casa, ela me apalpava o seio e reprovava minha magreza:

— Desse jeito junta pouco leite — dizia.

Além disso, queria ficar com o menino no colo o tempo todo; qualquer hora para ela era hora de dar de mamar.

Passaram-se quatro anos antes que você nascesse. Durante aquele tempo, você foi motivo de angústia para mim, e, ainda que *Ma'* me impedisse de me sentir uma boa mãe, eu queria você. O dia em que descobri que a esperava foi o mais feliz de minha vida. Senti que era uma menina e tinha certeza de que lhe daria aquele nome que eu tinha lido num romance; segundo *Ma'*, era mais um daqueles caprichos que eu tinha adquirido quando estudava para ser professora.

Você nasceu numa noite de inverno. A neve estava alta, e a parteira chegou tarde, quando sua cabeça já estava de fora. *Ma'* fez tudo. Trocar os baldes, manter o fogão aceso para ter sempre água quente, substituir as bandagens, dar-me tempo de empurrar e parar, para não me rasgar toda. Mesmo nessa hora dava ordens como um general. Mas era zelosa e cheia de cuidados. Nunca largava minha mão.

Quando você nasceu, o quarto se encheu dos odores do parto, e não sei dizer por quê, mas sentia vergonha. *Ma'* lavou e limpou você e, com uma touquinha de nada na cabeça, apoiou você em meu peito. Com a testa suada e as mãos na cintura, disse:

— É igualzinha a você, vai ser preciso ter o cuidado de mantê-la longe dos livros!

E riu satisfeita porque você não era vermelha e enrugada, mas tinha pele branca e elástica.

Erich estava fora fazia alguns dias, cortando lenha. Tinha ido de trenó com um grupo de camponeses. Eu sempre ficava preocupada quando ele ia cortar lenha. Era um trabalho perigoso e já houvera acidentes com trenós desgovernados que tinham ido espatifar-se contra uma árvore ou terminado num precipício. Quando voltou, eu lhe disse que *Pa'* já tinha ido registrar você na prefeitura, e não havia jeito de mudar o nome.

— Mãe mais teimosa que essa você não podia ter — disse pegando-a no colo e estudando seu rosto.

Você era diferente de Michael: cuspia o leite, e dar-lhe o peito era uma canseira todo dia. Eu precisava espremer o peito em sua boca porque você se cansava de sugar. Para fazê-la dormir era preciso ficar ninando sem parar e lhe dar um pompom que *Ma'* tinha amarrado com um fio no seu pulso para você apertar. Segundo ela, você tinha medo de cair e era preciso vigiar para não a deixar sozinha com seus pavores. À noite, Michael ficava olhando até você pegar no sono. Você ficava olhando fixo para o lampião de gás, arregalando esses seus olhos de amêndoa, que de repente se fechavam. Se suas mãos se agitassem no ar, ele lhe acariciava a barriga para você não acordar. A fala lhe brotou cedo. Talvez por isso sempre a imaginei tagarela e capaz de conversar com todo mundo.

Com três anos, você já corria como uma lebre. Tinha uma força inesgotável nas pernas, tanto que logo *Pa'* se tornou incapaz de cuidar de você e começou a sair com Erich, que a agarrava pelo pescoço nas tentativas de fuga. Uma das minhas lembranças mais nítidas: ver você indo para a igreja entre os dois.

Cuidar de você e de seu irmão me cansava depressa. Eu sofria com a falta de tempo. Enquanto estava com vocês, imaginava que as coisas bonitas do mundo iam andando e que, quando vocês crescessem, eu não as encontraria mais. Quando relatava a Erich esses pensamentos, ele não entendia e dizia que eu me amargurava à toa.

Não se zangava se, ao voltar dos campos, o jantar não estivesse pronto ou a casa estivesse desarrumada. Depois de vestir as calças do pijama pegava você no colo e, com uma só mão, cortava as fatias de polenta ou fritava uns dois ovos na manteiga. Comia em pé, não fazia questão de se sentar à mesa.

À medida que você ia crescendo, ele ia se afeiçoando mais. Você era o orgulho dele. Ele a punha no ombro e, se você não ficasse berrando no ouvido dele, acendia o cigarro e ia para a praça como um general vitorioso. Michael ele levava à pesca ou então à taverna de Karl. Dava-lhe leite no gargalo da garrafa de cerveja para ele se sentir adulto.

À tardinha, você e seu irmão se sentavam à porta para esperá-lo e, quando o viam vindo, corriam ao encontro dele e não queriam deixá-lo entrar. Ele se esquivava, porque ainda tinha no corpo a fedentina dos animais, mas vocês enfiavam a cabeça debaixo das pernas dele para demonstrar que não se importavam. Queriam correr lá fora com ele. Eu devia parecer aborrecida para os dois. Gostava de colocá-los no tapete e ficar olhando.

Quando chegava o sono, era a mim que buscavam e, num instante, adormeciam: você neste ombro, Michael na sua caminha. Então Erich começava a fumar e, fumando, falava comigo em tom sombrio. Tinha obsessão pelos fascistas.

— Vão mandar a gente trabalhar na África ou combater em algum cafundó do império ridículo deles — protestava com a fumaça na garganta. — Agora estão nos tirando o trabalho e a língua; e depois que tiverem deixado a gente com muita raiva e na miséria, vão nos expulsar daqui e construir a maldita represa.

Eu ficava ouvindo sem saber o que dizer. Nunca conseguia consolá-lo.

— Então vamos pegar as crianças e ir embora.

— Não! — gritava.

— Por que quer continuar aqui, se vamos ficar sem trabalho, se não vamos poder mais falar alemão, se vão destruir a cidade?

— Porque aqui eu nasci, Trina. Aqui nasceram meu pai e minha mãe, nasceu você, nasceram os meus filhos. Se formos embora, eles terão vencido.

CAPÍTULO NOVE

Em 1936 chegou a Curon a irmã de Erich. Morava em Innsbruck com o marido, homem alto e corpulento, com bigodão. Gente rica, de cidade, que eu só tinha visto no dia do casamento. Anita e Lorenz eram muito mais velhos que nós. Compraram do banqueiro uma das muitas propriedades desocupadas da região. Bem depressa nos tornamos íntimos. Almoçávamos juntos aos domingos e às vezes também jantávamos juntos nos dias de semana. Ela gostava de cozinhar. Com frequência batia à porta e me deixava um bolo.

— Para as crianças — dizia.

Anita era parecida com Erich, tinha os mesmos traços, a mesma testa ampla. Era uma mulher baixinha e plácida, sorria o tempo todo. Quando Lorenz voltava da Áustria — era representante de seguros — trazia presentes para vocês. Diante de certos brinquedos, vocês mal acreditavam no que estavam vendo. Agradeciam mil vezes ao "tio Lorenz", mas não lhes ocorria abraçá-lo, talvez por ele ser tão imponente e bigodudo. Erich sentia-se à vontade com eles. Com frequência perguntava à irmã:

— Mas o que vieram fazer aqui em Curon? — sorrindo, como quem não entende.

— A cidade me embaralhava os pensamentos — dizia Anita, olhando as próprias mãos.

Lorenz me intimidava. Estava sempre com um colete marrom e mesmo em casa usava gravata-borboleta. Nos dias bonitos nos convidava para comer fora. Eu inventava desculpas, dizia que precisava arrumar a casa, mas ele insistia e no fim eu vestia vocês dois e saíamos com eles. Ele e Erich falavam de política, numa conversa que me custava acompanhar. Eu só entendia que para Lorenz a Alemanha salvaria o mundo. Eu e Anita íamos caminhando um pouco atrás. Ela sempre falava de vocês, estudava o caráter dos dois e me perguntava o que eu tinha em mente para o futuro de meus filhos, e eu nunca sabia o que responder. Dizia que você tinha pele lisa como porcelana. Eu também lhe perguntava:

— O que vieram fazer em Curon?

Então ela me dizia que durante tantos anos seguira o marido pela Europa, mas agora não tinha mais vontade. Quando me contava essas coisas, caía sobre seu rosto um véu de melancolia, e ela ficava calada longos minutos. Ou então dizia, com um trejeito de aborrecimento:

— Por viver sempre sem parada, não estabeleci laços de amizade com ninguém.

Dos filhos que não tinham nunca criei coragem de perguntar.

Michael era um tourinho, crescia a olhos vistos. Com onze anos era a sombra de Erich. À escola não queria mais ir e muitas vezes, ao invés de entrar na classe, fugia para os campos. Se eu o repreendesse, Lorenz se metia, dizendo que Michael fazia bem.

— A escola italiana é uma porcaria, só ensina a louvar o *duce*; muito melhor aprender a lavrar a terra — resmungava com aquela sua voz grave.

Eu precisava morder a língua para não responder mal. Perdia o sono só de pensar que Michael não ia à escola. Tinha a impressão de que ele vivia como um animal. Erich, ao contrário, não se preocupava. Levava-o consigo, explicava-lhe como plantar batatas, como semear cevada e centeio, como tosar as ovelhas e ordenhar as vacas. Ou então era carregado por *Pa'*, que não via a hora de ensinar seu ofício a alguém.

Você, em compensação, ia de boa vontade à escola, falava bem italiano. À noite montava de cavalinho em Erich, brincava de tapar-lhe os olhos com as mãos e depois lia para ele algum pensamento, e ele lhe pedia que o traduzisse. Erich batia palmas com aquelas suas mãos de dedos nodosos, fazia você dar pulos, e a sala se enchia de gritos alegres. Uma vez você voltou para casa com boas notas e, abanando o caderno debaixo do meu nariz, me disse:

— Mamãe, quando eu for grande também vou ser professora, você está contente?

No outro dia encontrei uma velha foto sépia, grudada de qualquer jeito numa folha que devia pertencer a um diário. É uma foto desfocada, acho que foi Lorenz quem tirou. Nela, Michael me abraça com efusividade. Você, não: você abraça Erich.

Pa' me disse que já não tinha disposição para ir à marcenaria, que o coração não lhe permitia ir todas as manhãs de bicicleta até Resia. Por isso, comecei a ir, porque ainda estava sem trabalho e já não ia ao barracão dar aulas clandestinas.

Eu pedalava até a marcenaria e cuidava da administração. Aprendi a escrever aos fornecedores, a pagar os operários, a manter em ordem os livros-razão. Você, se não encontrasse ninguém em casa, ia para a casa de tia Anita. Com você também ela era plácida e sorridente. Quando eu ia buscá-la, você me contava que tinha comido coisas de que não podíamos nos dar ao luxo. Chocolate, presunto. Dinheiro em casa estava sempre faltando, e algumas noites havia bem pouca coisa para pôr na mesa. Logo que nos casamos, aliás, contávamos com meu salário de professora, achávamos que, apesar do fascismo, de um modo ou de outro eu conseguiria lecionar. Em 1938, ainda por cima, os animais ficaram doentes, e precisamos abater metade do rebanho para evitar contágio. Ovelhas quase já não tínhamos.

Lorenz queria emprestar-nos dinheiro, mas éramos orgulhosos demais para aceitar. Erich tinha posto na cabeça que iria procurar trabalho em Merano. Bolzano e Merano de fato haviam se transformado naquilo que o *duce* queria. As zonas industriais e as periferias expandiam-se sem parar. Para lá se transferiram indústrias como Lancia, Acciaierie, Magnesio. Os italianos chegavam aos milhares.

— Mas aonde você quer ir? Mussolini não permite que os tiroleses sejam contratados — repetia Lorenz. — Não adianta ir até lá.

— Trabalho há, eles não podem deixar de nos contratar.
— Podem, sim — suspirava Lorenz, cofiando o bigode.
Erich então dava socos na parede, gritando que os fascistas estavam lhe arrancando a pele do corpo.
— Hitler já anexou a Áustria. Mais um pouco de tempo, e ele virá libertar a gente também — dizia Lorenz para tranquilizá-lo.

CAPÍTULO DEZ

O fascismo parecia existir desde sempre. Desde sempre existira a prefeitura com o *podestà* e seus lambe-botas, desde sempre existira a cara do *duce* dependurada nas paredes, desde sempre existiram os carabineiros que iam meter o nariz na nossa vida e nos obrigavam a ir à praça ouvir os anúncios. Já tínhamos nos acostumado a não ser nós mesmos. Nossa raiva crescia, mas os dias corriam velozes, e a necessidade de sobreviver a transformava em alguma coisa fraca e desfibrada. Cada vez mais parecida com a melancolia, nossa raiva não explodia nunca. Contar com Adolf Hitler era a rebelião mais autêntica. Uma rebelião que se tornava palpável nas mesas da taverna, nas reuniões clandestinas que os homens marcavam para ler os jornais alemães, mas evaporava quando eles ordenhavam as vacas sozinhos nos currais e caminhavam até a fonte para lhes dar água.

Cochilamos assim, indolentes e reprimidos, até o verão de 1939, quando os alemães de Hitler vieram anunciar que, se quiséssemos, podíamos entrar para o Reich e deixar a Itália. Deram a isso o nome de "grande opção".

Na cidadezinha logo se fez festa. As pessoas exultavam nas ruas, as crianças, sem entenderem, brincavam de roda, os rapazes se abraçavam, prontos para partir, os homens passavam perto dos carabineiros para xingá-los em alemão. Os carabineiros agora ficavam quietos, com mãos nos cassetetes e cabeça baixa. Mussolini assim quisera.

Naquele dia Erich ficou em casa fumando e não me disse uma palavra. Quando Lorenz bateu à porta para dizer que ia à taverna festejar, não o acompanhou. Lorenz voltou bêbado noite alta e, antes de entrar em sua casa, quis falar com Erich, que dormia fazia tempo. Eu estava de roupão e, quando ouvi que batiam à porta, joguei um cobertor sobre os ombros antes de abrir. Lorenz passou por mim sem cumprimentar, foi para o quarto apoiando-se nas paredes, sentou-se ao lado de Erich e disse:

— Mais cedo ou mais tarde vou embora daqui porque não tenho raízes em lugar nenhum. Mas, se para você este lugar tem significado, se as estradas e as montanhas lhe pertencem, não precisa ter medo de ficar.

E abraçou a cabeça dele.

Até o fim do ano a cidadezinha continuou alvoroçada. Todos falavam de um único assunto: ir embora; imaginavam os lugares para onde o *führer* os mandaria e o que lhes daria pelo que deixavam aqui. Que propriedades, que zona do Reich, quantas cabeças de gado, quanta terra. Estavam mesmo fartos dos fascistas para acreditarem naquelas balelas. Os poucos que decidiram ficar, como nós, eram insultados. Éramos chamados de espiões, traidores. De repente, pessoas que eu conhecia desde menina deixaram de me cumprimentar ou cuspiam no chão quando passavam perto de mim. As mulheres que antes iam juntas ao rio agora se dividiam em dois grupos, o das *optantes* e o das *ficantes,* que se punham em locais diferentes para lavar a roupa. Falar de guerra acendia os ânimos. Marginalizados e subjugados que éramos, dentro de alguns anos também nós poderíamos nos tornar senhores do mundo.

Perguntei a Maja:

— Você vai embora?

— Eu quero sair de Curon, mas não assim.

— Já nem sei mais o que é certo — confidenciei.

— A família de Barbara vai embora — disse ela, olhando para outro lado. — Querem ir para a Alemanha.

Que efeito estranho produzia em mim o nome de Barbara. Parecia que se passara um século desde quando éramos amigas, íamos estudar italiano na beira do lago e ríamos juntas sobre a relva. Tinha perdido o costume de ouvir o nome dela. Era a minha dor secreta, que não contava a ninguém. Nem a mim mesma.

Armaram barracas nos lados opostos da praça. Perto do campanário, os nazistas; perto da sapataria, os italianos. A quem se aproximava, eles davam panfletos. Os nazistas diziam que devíamos estar atentos: os italianos nos mandariam para a Sicília ou para a África, onde morreríamos como moscas. Os italianos também: "Os alemães vos mandarão à Galícia, aos Sudetos ou ainda mais a leste. Terminareis lutando no gelo", diziam.

Alguém atirava pedras às nossas janelas, que agora mantínhamos fechadas mesmo durante o dia. Daqueles anos tenho como recordação a escuridão dentro de casa e meu nariz metido entre os taipais.

Certa manhã alguns garotos apanharam Michael e o espancaram, porque ele era filho de um *ficante*. Encontrei-o no chão do quintal, com sangue coagulado na boca, roupas e cabelos lambuzados de merda. No dia seguinte deixei de mandar você à escola. Eu a levava à marcenaria de bicicleta e não a perdia de vista um minuto.

— Eu mesma lhe dou aulas — dizia para tranquilizá-la.

Você estava descontente, respondia que eu era possessiva e que ninguém a espancaria na classe porque você sabia se fazer respeitar. Na marcenaria, vivia me perguntando:

— Por que nós também não vamos embora?

— Porque seu pai assim decidiu.

— Mamãe, eu quero ir embora deste lugar. Aqui não posso nem mais ir à escola.

CAPÍTULO ONZE

No fim do ano havia muita gente de malas prontas para partir rumo à Alemanha: colchões calombentos enrolados e postos sobre carroças, móveis desmontados, sacos de estopa cheios de louças e utensílios. À noite os homens saíam das casas com sacolas cheias de roupa cuidadosamente dobrada pelas mulheres, que, antes de fechar a casa, cozinhavam tudo o que tinham para fazerem a última refeição substanciosa. Havia no ar aroma de carne e batatas, polenta crepitando no toucinho. Atrás das vidraças, viam-se as famílias jantando à luz da candeia sobre a mesa e mastigando sem falar. Nós que ficávamos os olhávamos das soleiras ou desfilando diante de seus campos, e percebia-se que aquela carne lhes causava indigestão. Iludiam-se dizendo que estavam contentes, que Hitler os tornaria ricos, que lhes daria casa, terra e gado; consolavam-se repetindo que aqui em Curon o *duce* logo construiria a represa e, de qualquer jeito, eles precisariam sair. Mas estava escrito em seus lábios apertados e em seus punhos cerrados que ir embora daquela maneira era cruel. Cruel para as moças, para as crianças e ainda mais para os velhos, aos quais era destinado o melhor lugar na carroça, dizendo-lhes que tentassem dormir. Quando uma carroça partia para a estação de Bolzano ou para a de Innsbruck, onde os trens do *führer* esperavam, na estrada de Curon descia o silêncio dos dobres fúnebres.

Gerhard, o beberrão da cidadezinha, toda noite fazia a ronda dos *masi* — eram uma centena aqui em Curon —, para verificar se mais alguém tinha ido embora. Quando encontrava algum *maso* vazio, batia à porta até ferir os dedos ou até cair adormecido. Quem ia acordá-lo na manhã seguinte era Karl, que o arrastava, podre de bêbado como estava, até a taverna e lhe dava uma xícara de café para despertá-lo.

Maja uma tarde me disse:

— Monte na bicicleta, quero ir cumprimentar a irmã de Barbara.

Quando Alexandra me viu à porta, ao lado de Maja, arregalou os olhos. Convidou-nos a entrar e cortou uma fatia de pão para cada uma. Ofereceu o pão sem pegar prato nem guardanapo, como se faz com quem é da família. Comemos, e tão profundo era o silêncio que se ouvia o ruído das sementes de cominho rompendo-se sob os dentes. Cumprimentamos a mãe dela, que não respondeu. Acariciei o cão que choramingava perto da mesa.

— Você vai embora? — perguntou Maja.

— Vou, mas ainda não sei para onde.

— Tem notícias de Barbara? — perguntei de olhos abaixados.

— Pediu graça ao *duce* e logo será solta. Vai diretamente para a Alemanha, sem passar por aqui.

— Tem papel e caneta? — perguntei de repente.

— Para fazer o quê? — disse ela, ríspida.

— Quero escrever um bilhete para ela.

Alexandra me olhou com desconfiança, depois foi vasculhar uma gaveta e dela tirou um pequeno bloco, do qual arrancou uma folha com cuidado. Fiquei de pé, com os cotovelos sobre a mesa. Sentia os olhos delas sobre mim, enquanto escrevia, mas não me importava.

— Entregue quando se encontrar com ela — disse, dobrando a folha em quatro.

Ela ordenou que a deixasse na mesa.

— Entregue — repeti, pondo o bilhete na mão dela. — É muito importante.

Continuamos ali, olhando uma para a outra. Ninguém falava. Logo o silêncio se tornou insuportável, então engolimos o último pedaço de pão e fomos embora.

Quando contei isso a *Pa'*, ele disse:

— Menina, fazemos bem em ficar. Não faz mal se temos pouca comida para pôr na mesa, as coisas vão melhorar. As casas onde moramos são nossas, não há nenhuma razão para abandoná-las.

— Tem certeza, *Pa'*? Incendiaram o curral de outro que não quer partir, espancaram Michael, estão esperando que eu mande Màrica à escola só para fazerem o mesmo. Muita gente virou a cara para Erich.

— Eu sei, Trina, mas é uma fase. O fascismo vai passar, essa gente vai embora e nós vamos voltar a viver nossa vida.

Falar com *Pa'* me tranquilizava. Queria que Erich também falasse com ele, em vez de ficar sempre trancado como um exilado. Naquele dia, quando voltei para casa, encontrei-o como de costume a andar de lá para cá, batendo nervoso os pés no chão.

— Na saída da cidadezinha estão de novo os engenheiros e os trabalhadores — disse sem me cumprimentar. — Durante toda a noite chegaram homens e caminhões. Mediram Curon de ponta a ponta, retiraram amostras de solo, traçaram o perímetro da represa. Logo vão começar a construção. Não sei se alguém percebeu na cidadezinha, ou se todos não estão nem ligando, porque agora decidiram ir embora.

CAPÍTULO DOZE

N aquela noite voltei mais tarde. Já estava escuro, e nas margens das ruas a neve refletia o luar. Na marcenaria fora feita uma entrega de móveis para um restaurante. Os operários tinham trabalhado duro durante meses. O dono do restaurante viera com os filhos e, quando acabaram de carregar a mercadoria, tinha anoitecido. Na bicicleta, eu sentia frio, não estava de cachecol nem de xale porque naquela manhã fizera sol forte. Passei pela casa de *Pa'* para lhe dizer que tudo tinha corrido bem. Encontrei-o cochilando e respirando com dificuldade. Cutuquei seu ombro. Ele sorriu para mim com seus dentes envelhecidos e me contou que Michael estivera lá e eles tinham jogado cartas. Eu tinha pressa de voltar, mas *Pa'* não parava de me fazer perguntas: como havia corrido o negócio, se eu tinha retirado o dinheiro, quem estivera lá para pegar os móveis, como Theo e Gustav tinham trabalhado. *Ma'* me fez cheirar os *spätzle* que tinha preparado e, como eu estava gelada, fiquei para comer. De qualquer modo, Erich, assim que chegava, engolia a primeira coisa que encontrasse e raramente jantávamos todos juntos.

— A menina está com sua cunhada? — perguntou *Ma'*, sem parar de costurar.

O Natal se aproximava e, como em todos os anos, estava fazendo novos pulôveres.

— Hoje sim.

— Então coma com calma.

É verdade que era tarde, mas nem tanto assim. Seriam oito e meia, talvez nove. O céu estava todo estrelado. O dia seguinte também seria de sol, e eu, distraída como de costume, teria saído de novo sem xale para depois sentir frio na volta. *Ma'* me emprestou o dela, colocou-o sobre meus ombros antes de fechar a porta e dizer um boa-noite sumário.

Pedalei até o *maso* de Anita. A luz estava acesa.

— Michael está com Erich, Màrica pegou no sono aqui — disse ela, bocejando. — Tentamos acordá-la, mas ela não quis saber.

Não me convidou a entrar. Tudo isso aconteceu na soleira, debaixo das estrelas pulsantes.

— Ela comeu? — perguntei.

— Comeu, polenta com leite, estava morrendo de vontade — e sorriu para mim, com seu sorriso costumeiro, cheio de uma paz que eu não encontrava.

Eu ficava contente quando você comia polenta com leite porque me parecia que desse modo você não desprezava aquilo que nós também tínhamos.

De longe, vimos alguém indo e vindo a carregar uma carroça. Mais um *maso* ficaria vazio.

Em casa, Erich e Michael estavam dormindo. Enfiei-me na cama, achando que talvez tivesse cometido um erro, que no dia seguinte poderíamos fazer o desjejum juntas, acordar com calma. No domingo Erich preparava leite quente para todos e era um dos momentos mais felizes da semana. Michael sempre fazia palhaçadas, falando de boca cheia, e você se divertia ensopando a polenta na tigela dele.

— Màrica ficou lá? — perguntou-me Erich.

— Ficou, Anita disse que vocês tentaram acordá-la, mas ela estava com muito sono.

Ele se virou para outro lado. Um minuto depois, roncava de novo. Não sei se não preguei o olho porque você estava na casa deles ou se porque vivia com medo de que os *optantes* incendiassem nosso curral ou matassem os animais. Ouvi a cidadezinha acordar lentamente, ouvi o primeiro toque dos sinos. Vi o sol despontar de trás das montanhas.

Eu me revirava na cama. Pensava: sou eu que vou preparar o leite, e tentava imaginar um modo de ir buscá-la. Se fosse para esperar você voltar, eu teria de aguardar a hora do almoço. Você se sentia bem com eles, que a mimavam e a enchiam de presentes. Todos os presentes que não podíamos lhe dar.

Quando entrou luz na casa, Erich acordou e ficou falando baixinho comigo. Lá fora a neve estava alta. Disse-me que deveria deixar você dormir mais um pouco, quando lhe perguntei: "É você que vai chamar Màrica?"; depois, preparou o desjejum. Nós três comemos. Talvez tenhamos esperado porque era raro estarmos sozinhos com Michael, que, à sua maneira, nos pedia atenção, queria aproveitar aquele momento. Às nove me vesti, pus aquela saia marrom de que você gostava, prendi o cabelo de qualquer jeito e saí. Deixei os dois à mesa, comendo outra polenta.

Ali, na frente da casa, entendi de chofre. As portas estavam só encostadas. As janelas, fechadas sem tranca. No chão, havia um chapéu emborcado; dentro dele, flocos de neve. Diante de mim, enxerguei toda a escuridão e o vazio que deviam pairar naquela casa em que não tive nem coragem de entrar. Corri em busca de Erich e o arrastei até lá, para ver. Michael, que tinha ido também, começou a gritar seu nome pelos aposentos desertos. Eu apertava os punhos, tentava pôr para fora as lágrimas que não saíam. Comecei a dar tantos murros nas paredes que me machuquei. A arranhá-las de tal modo que quebrei as unhas. Até que Erich me arrastou para fora.

Chegou gente dos outros *masi*. Eu repetia o nome de Michael, queria que ele ficasse perto de mim, por medo de que o levassem embora também. Deitaram-me na cama, tiraram meus sapatos enlameados. A luz branca que entrava no quarto me obrigava a cobrir o rosto com as mãos. Dei por mim ao ver *Ma'* sentada ao lado da cama, como se eu fosse uma moribunda. Erich repetia que eu precisava me acalmar.

Chegou o crepúsculo. Depois a noite. Quem dizia que vocês ainda estavam nas cercanias deixou de dizer. Quem dizia que retornariam deixou de dizer. Uns dez homens saíram à sua procura. Erich, de bicicleta, foi até Malles. Ali relatou o fato na *Casa del Fascio*.* Quando voltou já era dia de novo, seu rosto estava cadavérico, e ele me parecia estar sozinho contra o mundo.

Eu estava sentada, olhando o vazio. Tinha a garganta seca e segurava a tosse. Apertei as pálpebras para não ouvir as palavras que chegaram como palavras já ouvidas:

— Nos registros consta que escolheram ir para o Reich. O trem deles já partiu.

---

* Trata-se do prédio que sediava a filial local do Partido Fascista. Neste caso, em Malles Venosta. [N.T.]

SEGUNDA PARTE
FUGIR

CAPÍTULO UM

Não vou lhe falar de sua ausência. Não lhe direi uma única palavra sobre os anos que passamos a procurá-la, sobre os dias em que ficamos na soleira da porta, fitando a estrada. Não falarei de seu pai, saindo sem se despedir. Sendo detido na estação de Bolzano quando tenta subir num trem de carga direto para Berlim. A polícia italiana primeiro o joga numa cela, depois lhe promete que eles é que trarão sua Màrica de volta. Alguns dias depois, tenta atravessar a fronteira a pé. A luz dos holofotes o cega, mas ele não obedece à ordem de parar. Uma bala o atinge de raspão. À tarde alguns militares batem à porta, metidos em capotes cinza-chumbo, com divisas costuradas no peito. Antes de empurrá-lo para dentro, ameaçam interná-lo no manicômio de Pergine, o mesmo que Hitler esvaziará para deportar os pacientes para os campos de concentração e exterminá-los com gás. Não falarei de Michael, andando por aí com uma foto sua — uma foto sem bordas do ano anterior, em que você está de cabelo preso, como já nem usava —, passando os dias com uma turma de garotos nos povoados vizinhos, mostrando a foto a todo mundo. Não falarei dos meses em que cada um de nós sumia de repente, sem avisar os outros, e, encontrando a casa vazia, achava que mais cedo ou mais tarde os bosques nos engoliriam. Perdidos para sempre na insensata tentativa de trazê-la de volta para cá. Onde você já não queria estar.

Uma manhã o carteiro corre para me entregar uma carta. No envelope, só o meu nome. Nenhum selo, nenhum carimbo. A letra eu reconheço, é sua.

— Alguém deixou na porta do correio — diz ele sem me olhar.
— Quem? — pergunto, arrancando-a da mão dele.
— Não sei.

Tento controlar o tremor das mãos. Não sei por que me lembro de *Ma'*, quando abria minhas cartas com ferro quente, para verificar se eram de uma amiga ou de um homem.

Querida mamãe, estou escrevendo sozinha em meu quarto. Fui eu que quis partir com os tios. Sabíamos que você não daria permissão, por isso fugimos. Aqui na cidade poderei estudar e progredir. Não sofram por mim, porque estou bem e um dia voltarei a Curon. Se a guerra durar muito, não se preocupe, aqui estou em segurança. Quando eu bater à sua porta, espero que você, papai e Michael ainda me amem. Os tios não deixam que me falte nada. Peço que os perdoem, se puderem. E me perdoem também.

Màrica

A partir desse dia a dor muda. Michael rasga sua foto e pede que nunca mais falemos de você. Que nem seu nome seja pronunciado. Erich deixa de correr para cima e para baixo, não tenta ser expatriado, nem a encontrar. Fica na janela, fumando, sem descer, nem para alimentar os animais. Abre-a pela manhã para fechá-la à noite. Entre essas duas ações não acontece nada. Eu fico na cama, com as venezianas encostadas, a porta fechada à chave. Sinto-me sem mais lágrimas. Releio o tempo todo aquela carta que carrego sempre comigo. Rememoro sem trégua aquela noite. Pergunto-me como é possível não ter ouvido sua voz, os passos daqueles infames, o barulho das coisas sendo carregadas na carroça, os cavalos bufando na expectativa de partir ou o ronco de um automóvel sendo ligado. Como é possível que ninguém os tenha ouvido em Curon? Você estava acordada ou foi carregada dormindo? Queria ir embora ou foi obrigada? Foi você mesma que escreveu a carta ou ela lhe foi imposta?

Pa' um dia bate à porta e me pede que saia para lhe comprar um pouco de fumo. Põe-se ao lado de Erich sem falar. Ficam assim, parados junto à janela, olhando as nuvens. Depois *Pa'* o pega pela cintura e o leva ao curral, para alimentar os animais. Obriga-o a acariciar um por um. Antes de ir embora, vem falar comigo, manda-me preparar o jantar e aprontar a mesa. Perto da pia, deixa uma cesta com carne, pão e vinho.

A dor se torna vertigem. Alguma coisa familiar e ao mesmo tempo clandestina, de que não se fala nunca. Todos nós, se nos ocorre esquecer as palavras daquela carta, vamos continuar durante anos tentando encontrar você, mas já sabendo que essa busca solitária é só obediência a uma esperança que nem sentimos mais ter.

Não, você não merece conhecer aqueles dias de escuridão. Não merece saber quanto gritamos seu nome. Quantas vezes nos iludimos, achando que estávamos no caminho certo. É uma história que não tem por que acontecer de novo em palavras. Em vez disso, vou lhe contar nossa vida, nossa sobrevida. Direi o que aconteceu aqui em Curon. Na cidadezinha que já não existe.

CAPÍTULO DOIS

Tinha estourado a guerra. Muitos dos que haviam decidido partir para a Alemanha acabaram ficando aqui. O medo do desconhecido, as mentiras da propaganda, a fúria de Hitler os retiveram em Curon.

Os dias de janeiro tinham uma luz breve e opaca. Todos eles começavam com longas alvoradas cinzentas. Sobre o Ortles se via o cume branco e, mais abaixo, as copas das árvores sopradas pelo vento gélido. Na cidadezinha, as pessoas não pareciam preocupadas, só mais cansadas. Cansadas dos fascistas, cansadas de tatear no escuro.

Eu costurava com *Ma'*, que nunca me deixava sozinha. Ensinou-me a tricotar, e passávamos longas horas em silêncio, lado a lado, naquelas cadeiras da cozinha que eu esquecia de mandar empalhar. De você não queria que eu falasse. Quando não havia nada para costurar, ela me punha um balaio na cabeça e me levava ao rio, lavar as roupas do banqueiro. Se eu me distraísse, olhando o vazio, ela dizia que eu precisava torcer a roupa com mais força, até que desaparecessem os pensamentos errados.

— Se Deus pôs nossos olhos na frente, deve haver um motivo! É nessa direção que se deve olhar, senão teríamos os olhos de lado, como os peixes! — repetia, severa.

Para ela, que com nove anos trabalhava na lavoura e passava as noites pregando caixotes de frutas, você era apenas uma pessoa egoísta que escolhera quem tinha mais dinheiro.

Uma cúmplice.

Todos achavam que as coisas seriam como em 1915, quando italianos e austríacos se entrematavam no Carso, mas aqui em Curon continuava-se colhendo feno, cortando capim, colocando-o nos muros para secar, levando as vacas para as cabanas alpinas, enchendo baldes de leite, fazendo manteiga, matando porcos e comendo linguiças e salames durante dias. Os filhos dos pobres continuaram partindo para pastorear além-fronteiras em troca de um par de sapatos, uns trocados e alguma roupa. As mães os esperaram, contando os dias que faltavam para a festa de São Martinho, quando todos voltavam e a cidadezinha celebrava até a noite. Esperamos que o verão derretesse a neve e que depois o vento dos Alpes a trouxesse de volta, silenciosa e pesada. Choramos nossos mortos em silêncio. Precisamos engolir o sapo de ter combatido ao lado dos austríacos para depois nos vermos italianos. Conseguimos fazer tudo isso porque estávamos convencidos de que seria a última guerra. A guerra para acabar com as guerras. Por isso, a notícia de um segundo conflito, com recuperação da Alemanha que logo invadiria o mundo, naquele momento nos deixou atônitos, mas tivemos a ilusão de que as montanhas continuariam sendo paredões de solidão, que esta Itália, da qual devíamos nos sentir parte, permaneceria neutra até o fim. Aliás, logo de início a notícia da guerra trouxe certo alívio à cidadezinha: "pelo menos agora vão parar com essa história de represa", "agora vão ter outra coisa para pensar", "nossos animais e nossas propriedades finalmente estarão em segurança". Era o que diziam os homens na taverna. Era o que diziam as mulheres na frente da igreja. Em Curon houve até quem festejasse o início da guerra. Gerhard girava por aí com uma garrafa na mão e a levantava, gritando: "Guerra na casa deles, paz na nossa!"

Agora que os exércitos de Hitler estavam em marcha, quem tinha ficado aqui se pavoneava por ter feito a escolha certa. Imaginava aqueles poucos que tinham emigrado para a Alemanha combatendo na primeira fileira, nos confins orientais, ou atolados na lama de sabe-se lá que lugar da Europa.

Além disso, desde que estourara a guerra, italiano finalmente não chegava mais por aqui. Sempre víamos caminhonetes de carabineiros, um vaivém frenético de veículos militares que fazia pressagiar o que mais temíamos, mas aquela gente arrogante com malas nas mãos nunca mais se viu.

O primeiro Natal sem você nós passamos com *Ma'* e *Pa'*, que fizeram a massa dos nhoques e cozinharam o caldo de galinha. Comemos em silêncio, e nunca houvera tanto silêncio num almoço de festa. Os amigos e os fregueses que passavam para desejar boas festas eram despachados por *Pa'* em poucos minutos. Ouvimos os pífaros que atravessavam os povoados do vale, com aquelas músicas que no ano anterior você e seu irmão tinham dançado na rua com outras crianças. *Ma'* cozinhava, costurava, ia para o rio e voltava, sem parar um segundo. Não sei onde encontrava toda aquela energia. De repente já não me parecia velha. De vez em quando, estávamos sozinhas, eu desatava a chorar, e ela segurava minha mão. Nunca me senti tão filha como depois que você fugiu.

Também aquele inverno passou. Em abril o sol parecia uma luz de cristal, e o limpador de chaminés foi de *maso* em *maso* ajustando as calhas. Agora já não mantínhamos aceso o fogo que era motivo de inveja na cidadezinha. Os outros, para se aquecer, usavam gravetos e mato; nós, a lenha das árvores que Michael trazia da marcenaria de *Pa'*. Ele tinha aprendido o ofício, e nunca mais foi à escola. Os operários diziam que, apesar de ter quinze anos, era um marceneiro de mão cheia.

Os campos endurecidos pelo gelo voltaram a verdejar, mas era cada vez mais difícil lavrar com os animais. O leite ordenhado ficava nos baldes durante dias, e não se conseguia vender mais nem um litro. Erich, de tanta raiva, dava pontapés nos baldes, e eu ficava muda, a olhar as manchas brancas sorvidas pela lama espirrando debaixo dos cascos das vacas.

Eu continuava dobando lã, que ia amontoando no chão. Um velho de olhos lacrimejantes e ombros encurvados vinha retirá-la. Pagava uma miséria, mas pelo menos podíamos ficar no calor da casa. Com aquela lã, ele fazia fardas e equipamentos para os soldados.

— Quando a Itália entrar em guerra haverá mais trabalho — dizia, pondo a lã no triciclo motorizado.

— E quando a Itália vai entrar em guerra? — perguntava *Ma'*, eletrizada, como se fosse o velho quem decidisse.

Ele fazia uma careta, torcendo a cara torta, depois ia embora naquele seu triciclo, espalhando pelo caminho um cheiro de bolor que saturava o ar.

De qualquer modo, além daquilo que o velho dizia, muitas estradas iam ficando intransitáveis, interditadas por postos de bloqueio, e, dia após dia, hora após hora, também nós sentíamos que a guerra estava para explodir. À noite, os aviões atrás das montanhas pareciam nuvens de vespas, e *Ma'* dizia que devíamos correr a nos refugiar no curral, onde ela havia preparado uma caixa com palha e cobertores.

— As bombas podem cair por engano em Curon também, que é tão próxima da Áustria! — repetia em pânico.

— Vá você para o curral, eu quero morrer na minha cama, não no fedor de bosta! — gritava *Pa'*, com voz cada vez mais rouca.

Certa manhã, eu esperava *Ma'*, e ela não veio. Na hora do almoço fui ao seu *maso*. A porta estava aberta e perto da estufa não havia ninguém. Chamei, mas ela não apareceu nem respondeu. Chamei de novo, mais alto, e fiquei ali, pasma, a olhar as panelas de cobre penduradas nas paredes. Quando decidi entrar no quarto, encontrei-a na cama, deitada ao lado de *Pa'*, que já estava vestido com seu terno azul, o mesmo que usara no meu casamento. Ela o tinha barbeado e penteado. Estava agarrada ao ombro dele, chorando baixinho e, quando o pranto se tornava mais forte, segurava a cabeça dele entre as mãos, como se fosse a cabeça de um pardal.

— Morreu dormindo.

— Por que não foi me chamar?

— Morreu esta noite — disse, sem me dar ouvidos.

— Por que não foi me chamar? — repeti.

Quando finalmente se voltou para mim, tomou-me a mão e a apoiou à mão de *Pa'*, que ainda estava quente. Apertou-se mais a ele e, não sei como, vi-me também deitada num canto da cama. Sentia o cheiro da roupa de *Ma'*, que recendia às cinzas da estufa. Ouvia seu pranto e de vez em quando criava coragem, buscando de novo a mão de *Pa'*, que ia ficando mais fria.

No enterro, o caixão foi carregado por Theo e Gustav, ao lado de Erich e Peppi. Michael estava orgulhoso por tê-lo construído. Disse-me:

— O vovô aí dentro vai dormir o sono dos justos.

CAPÍTULO TRÊS

Numa manhã da primavera de 1940, pregaram avisos nos murais da prefeitura. As costumeiras palavras italianas, diante das quais quem se aproximava torcia o nariz. Alguém parava para dar uma olhada, resmungava chutando uma pedra, depois ia embora com a carroça cheia de feno ou com os baldes de leite nas mãos. Poucos em Curon sabiam ler, mas ninguém entendia aquela língua que era só a língua do ódio.

Erich entrou em casa a passos rápidos e me arrastou para fora. Eu andava devagar porque o sol me ofuscava a vista, e ele me puxava com tanta força que às vezes eu caía. Diante do mural da prefeitura, mandou-me ler o que estava escrito. Eu me sentia ingrata por dar voz àquelas palavras que não queria ouvir e achava que ele também era ingrato por obrigar-me a traduzi-las. Estava escrito que os avisos ficariam afixados ao mural durante oito dias, depois seriam retirados. Estava escrito que tinham valor oficial e nós devíamos tomar conhecimento deles. E estava escrito que, por decreto aprovado pelo governo italiano, fora expedida a licença para início da construção da represa.

Erich ouvia-me rijo, com os olhos aguçados como pontas de alfinetes. Fiquei paralisada, olhando para ele, que olhava o papel cheio daquelas palavras incompreensíveis.

— Curon e Resia vão deixar de existir — comentou, engolindo a fumaça do cigarro.

Acompanhou-me até nossa casa, depois o vi afastar-se na direção do vale e outra vez ele me pareceu cadavérico e sozinho contra o mundo. Quando voltou à noite, sentou-se escarranchado, sem tirar os sapatos sujos de barro. Bebeu muita água, depois comeu polenta no leite. Eu não sabia como penetrar em seu silêncio, ficava lá embaraçada, esperando que ele falasse e me sentindo a mesma que era quando tentava consolá-lo em vão.

— Estão todos confiantes, dizendo que o projeto vai mudar. Que é um dos anúncios de sempre. Karl, lá na taverna, vive repetindo que, com a guerra na porta, não é possível que eles se ponham a construir represas.

— Talvez tenha razão — respondi.

— São todos burros! — gritou. — Só para não terem de mover um dedo eles inventariam qualquer razão!

— Por que está dizendo isso?

— Os fascistas e a Montecatini sabem que há risco de guerra, que nós, homens, logo vamos embora, combater, que aqui ninguém entende italiano, que não passamos de camponeses! É a hora certa para aproveitar.

Da estrada que leva a Merano chegaram três caminhões. Eram cor de ferro e tinham rodas enormes, que levantavam nuvens de poeira. Durante todo o dia movimentaram-se num vaivém frenético até Resia. Aqueles desconhecidos conversavam em italiano, abriam os braços, apontavam longe, como se seguissem as andorinhas. Os homens estavam nos campos, e nós, mulheres, ficamos nas soleiras das portas, vendo aquela gente confabular em sua língua. Algumas se agitavam, como se suas gavetas estivessem sendo vasculhadas, porque a cidadezinha era tão pequena e velha que parecia uma casa. Olhamos umas para as outras, criando coragem, depois mandamos uns garotos ir correndo chamar os homens. Os camponeses assobiaram para outros camponeses. No meio da tarde ninguém mais estava enxadeando, os currais já estavam cheios, e os animais trancados davam-se empurrões, soltando gritos roucos. Erich foi o último a chegar. Ficou de braços cruzados, ouvindo um jovem que tentava perguntar em italiano o que tinham ido fazer ali. Enquanto isso, os operários desenhavam no chão cruzes de cal que aderiam à lama. Quando passavam por nós, evitavam ouvir nossas vozes, que lhes pareciam importunas. Os camponeses olhavam-se de soslaio e, conforme as horas iam passando, ficavam cada vez mais nervosos, esfregavam as mãos, cerravam os punhos. Nossas casas, a igreja, as ruas, tudo estava dentro daqueles limites que não sabíamos com certeza o que queriam dizer. Para além, havia apenas o começo das montanhas e os lariços que cresciam curvos por força da ventania incessante.

Poucos dias depois, num entardecer, desceram de um automóvel preto dois sujeitos de paletó e gravata. Um era magro; o outro, gordo. Convidaram-nos a ir à taverna e fomos atrás deles, como ovelhas. Assim que se sentaram, nos apinhamos ao seu redor. Em alemão, pediram uma caneca de cerveja para cada um de nós. Bebemos: uns, tímidos; outros, de um trago.

— Somos enviados pelo governo, estamos chegando de Roma — continuaram em nossa língua. — Foi aprovado um antigo decreto que prevê a construção da represa.

— Vai ser um sistema complexo de diques que envolverá muitos dos povoados do vale.

Diziam poucas palavras por vez, num alemão artificial e preciso, depois tomavam um gole de cerveja, limpando a espuma dos lábios com o dorso das mãos peludas. Eu estava de braço dado com Erich, que repetia que eu não devia ir embora.

— Em quantos metros vão levantar o nível da água? — perguntou um camponês.

— Ainda não sabemos.

— E se a água cobrir nossas casas? — perguntou outro.

— Vamos construir outras nas proximidades — disse o magro.

— Maiores e modernas — acrescentou o gordo, que tinha bigode fino e um ar indiferente às suas próprias palavras. — Mas agora não precisam se alarmar. Essas obras vão durar anos, muitas vezes até décadas — continuou, olhando para a caneca.

Logo as vozes dos camponeses se amontoaram. Eles sorriam de nossos modos rústicos, impassíveis dentro de seus ternos de lã fina. Esperaram que o barulho diminuísse, depois acrescentaram:

— Quem perder a lavoura vai receber uma indenização.

Alguém gritou que vaca não come indenização. Outros deram murros nas mesas, xingaram, dizendo que sem a lavoura e os animais morreriam de fome.

— E se não aceitarmos a indenização? — perguntou Erich.

Ouvindo a voz de Erich, todos emudeceram. Os dois esvaziaram lentamente as canecas e deram de ombros. Olharam para nós com rostos inexpressivos. O silêncio agora era tenso, e bastaria uma palavra mal dada para transformá-lo em briga. Eles se limparam mais uma vez com o dorso das mãos e finalmente se levantaram, abrindo caminho entre a multidão.

Alguém tomou coragem e repetiu a pergunta só quando já estavam fora da taverna. O cheiro da terra molhada e do feno era penetrante. Aquele ar fez engolir em seco, a visão do campanário fez respirar fundo. Ao longe viam-se mulheres com filhos adormecidos nos braços, bocas grudadas às vidraças, que embaçavam com o sopro.

Antes de subir no carro, o magro disse:

— Se não aceitarem a indenização, haverá problemas.

— Existe uma lei que se chama expropriação forçada — anunciou o gordo antes de bater a porta do carro.

Quando o automóvel partiu, o ar deixou de receder a terra molhada e a feno, e impregnou-se de nafta. Ficamos tossindo até ele desaparecer depois da curva.

Em silêncio, Erich e eu voltamos para casa pela beira da trilha. Havia uma cascata de estrelas, e a lua parecia dependurada do céu. Os grilos estridulavam em coro.

— Chega o dia que, se você quiser salvar a dignidade, precisa matar alguém — disse ele, jogando um palito de fósforo no chão.

CAPÍTULO QUATRO

Não fui à praça ouvir o *podestà* ler a declaração de entrada na guerra. Fiquei em casa com *Ma'*, fazendo montes de lã. Algumas semanas depois, o filho do padeiro — mais um dos poucos que, como nós e a família de Maja, tinham optado por ficar — encontrou na caixa do correio o cartão de convocação. Imediatamente, o medo era outro: o de receber o cartão do maldito Exército Régio. Quando passava algum mensageiro municipal, alguma moto ou algum jipe dos carabineiros, as mulheres saíam para a rua como sentinelas, com as mãos sujas de farinha e os cabelos desarrumados. Outras fechavam por instinto os taipais das janelas e corriam para a cama. Erich dizia que logo viriam buscá-lo também.

Foi assim que os blindados que atravessavam o vale começaram a me aterrorizar. Eu ficava na soleira da porta olhando as caras dos soldados apinhados nas carrocerias dos caminhões, mandíbulas esquadradas debaixo dos capacetes luzidios ao sol, mãos rígidas nas metralhadoras a tiracolo. Eram caras sombrias, endurecidas pelos cabelos curtos e pela barba escanhoada, e eu ficava pensando quando teriam sido apenas caras anônimas de rapazes de cabelos despenteados e barba de alguns dias, que saíam atrás de mulheres sem pensar na guerra.

Erich não falava, fumava como uma chaminé e respirava devagar. Tinha mais medo de nos deixar sozinhos do que de ir para o *front*.

— Se me recrutarem, você precisa cuidar de Michael — repetia antes de adormecer. — Sem pensar em mais nada.

Esse "mais nada" era você.

Aqueles meses passaram-se preguiçosos e cheios de ansiedade. Todos nos sentíamos enredados numa expectativa indefinida que nos entibiava e nos mantinha escondidos em casa. Eu sentia falta de *Pa'*, de seu sorriso bonachão, da capacidade que ele tinha de me mostrar as coisas por outra perspectiva. Erich não era assim. Para ele era tudo um corpo a corpo, e corajoso era só quem se empenhava, mesmo quando a derrota já havia sido decidida pelo destino.

Enquanto isso, Michael ia se tornando homem, com voz grave e ombros largos. Começava a alimentar estranha falta de confiança em nós. Assim que voltava do trabalho, trocava de roupa e saía com uns rapazes que eu nunca tinha visto e que não moravam em Curon. Erich me dizia que eram todos nazistas e, assim que possível, se alistariam, gentalha mais cruel e irresponsável que os simples soldados.

— Que mal lhe fizeram os nazistas? Você prefere os camisas pretas do *duce*? — perguntava eu.

Ele balançava a cabeça, apertando as palmas das mãos contra as têmporas:

— Vão fazer o mal de todos, Trina.

Quando Michael saía, eu lhe pedia:

— Diga pelo menos aonde vai.

— Sair — respondia insolente e me olhava de um modo que me deixava sem forças para perguntar mais.

Os jornaizinhos que chegavam à cidadezinha no outono de 1940 falavam de vitórias ítalo-alemãs, mas de um caminho ainda longo para derrotar os Aliados. Os oficiais fascistas passaram a entregar cartões com nomes e sobrenomes dos recrutados e, se encontrassem mulheres na casa, esclareciam que quem não se apresentasse seria fuzilado como desertor. Os militares que víamos já não tinham cara de rapaz nem mandíbula esquadrada, porém mãos pesadas e olhos torvos que obrigavam a baixar o olhar. A guerra os transformara.

Vieram à nossa casa num dia de outubro. O céu estava límpido, e o troar longínquo dos aviões parecia ameaça de temporal. Eram dois e, enquanto me faziam perguntas, aguçavam os ouvidos para perceber algum ruído vindo dos quartos.

— Estamos procurando Erich Hauser.
— Não está — respondi.
— Precisa se apresentar ao comando de Malles.

Na noite anterior à partida, Erich quis fazer amor, mas o fez com fúria e sem entrega. Depois ficou acordado, fumando no quarto escuro.

— Cuide de Michael — repetia.

Foi mandado para Cadore e de lá para a Albânia e depois para a Grécia, onde aqueles imprestáveis dos fascistas não conseguiram conquistar nem uma nesga de terra sem a ajuda dos alemães. Diziam que era um *front* fácil, no entanto muitos morreram no campo de batalha ou voltaram para casa mutilados.

De tempos em tempos chegava-me uma carta. Às vezes a censura cortava tudo, e de uma página inteira só se lia a última linha. "Abrace Michael por mim. O seu Erich Hauser."

Pedi a *Ma'* que viesse para a minha casa. Ela pôs solas nas botinas de Erich para adaptá-las à minha medida e de manhã me enrolava o pescoço com um cachecol enorme que, se esticado, chegava aos meus pés. Eu tirava do curral as vacas e as poucas ovelhas que restavam e tangia o rebanho para fora. Os prados do vale ainda estavam verdes e, andando por lá, eu não conseguia acreditar que houvesse uma guerra e que Erich tivesse sido recrutado. Nas pastagens eu encontrava rebanhos guiados pelos velhos que haviam ficado em casa. Velhos como *Ma'*, que tinham precisado recobrar forças porque os filhos homens estavam no *front* e não havia outros que pudessem prover a mulheres e netos.

Quando me sentava em alguma pedra para comer pão e queijo, tinha a impressão de ser Erich e de ter os mesmos pensamentos dele. Algumas vezes fixava durante tanto tempo o céu que me convencia de que sempre tinha sido camponesa. Voltava-me e olhava a cidadezinha, pequena lá no alto, e era invadida pelos mesmos sentimentos de Erich: era minha aquela terra, ninguém podia me expulsar, eu não podia ficar inerte, olhando.

E sentia que os fascistas eram infames por quererem nos afogar, por nos terem arrastado para a guerra e por terem levado Barbara embora. E os nazistas eram infames também por nos terem posto uns contra outros e quererem nossos homens só para usá-los como bucha de canhão.

Quando a luz desaparecia, eu subia de volta com o rebanho e com Grau, que agora tinha pelos fracos e já não corria como antes. Parava para olhar de longe os trabalhadores que preparavam o canteiro de obras da represa na saída da cidadezinha, perto do rio. A guerra não os detivera. Ao contrário, agora trabalhavam até durante a noite. Apontavam para o chão faróis enormes que de longe espalhavam uma luz de incêndio. Eram centenas de trabalhadores que viviam nos barracões construídos pela Montecatini. Não tinham nenhum contato conosco. Eram como toupeiras. Descarregavam tubos, sacos de argamassa, pás, e era um contínuo ir e vir de caminhões, escavadeiras, tratores que pareciam monstros. O vale deixara de ser tinido de cincerros e farfalhar de folhagens. O barulho dos caminhões e dos tratores de lagarta tinham matado o silêncio.

Em Curon ninguém mais falava da represa. Chegava-se de bicicleta ao rio em meia hora e nunca acontecia de alguém pedalar até lá. Para os camponeses e os pastores aqueles trabalhadores não existiam. Os velhos diziam que não era verdade que houvesse homens lá embaixo.

"As pessoas, pondo um dedo sobre os lábios, deixam que o horror avance a cada dia", dissera-me Erich não sei quantas vezes.

Desde quando ele partira, eu me sentia um bicho do mato. Também fedia a curral e suor, tinha as mãos cheias de calos. Meus modos tinham se tornado duros. Já não me olhava no espelho e estava sempre com o mesmo suéter deformado, o cachecol tapando o nariz, o cabelo preso com um palito de madeira.

Aos sábados as mulheres batiam à porta com as cartas dos maridos, e eu me punha à mesa para as ler. Na verdade não havia muito para ler, porque a censura cortava quase tudo. Mas elas eram teimosas, arrancavam o papel da minha mão e o punham contra a luz, dizendo que dava para ver os sinais. Então, para me livrar delas, inventava. Dizia que seus homens estavam bem, comiam todos os dias e não eram muito engajados nos combates. Ou então que não sabiam onde estavam, mas o rancho era decente e logo voltariam. Encerrava com frases de amor idiotas, assim as esposas voltavam para casa animadas. Uma delas, chamada Claudia, abria uns olhos deste tamanho e exclamava: "o *front* o tornou romântico", e ia embora perplexa. Para me agradecerem, elas deixavam uns trocados que eu pegava e entregava a *Ma'*. Eu não me importava em fazer o bem.

Quando a casa ficava vazia de novo, eu abria as janelas para deixar sair o ar viciado. Sentava-me na cadeira e olhava a sala. Se tivesse vontade de escrever, não escrevia para você. Escrevendo para seu pai, eu tinha a impressão de que você ia sendo apagada.

CAPÍTULO CINCO

Meu irmão Peppi conseguiu não ser recrutado. Depois de receber o cartão, comeu só alcaçuz durante vários dias. Apresentou-se à seleção mijando verde e com febre de quarenta graus. Mais um pouco e teria morrido intoxicado. Peppi acabara por trabalhar como pedreiro lá pelos lados de Sondrio, numa pequena firma que construía pré-fabricados para mandar aos quartéis-generais. Num dia de chuva veio de ônibus ver a gente. Chegou com uma garota miúda, de olhos celestes. Era elegante e chamava-se Irene, como *Ma'*. Disse logo que queriam se casar, coisa em que eu já não acreditava. Achava que Peppi só quisesse se perder pelo mundo.

No casamento éramos dez. Naquele dia *Ma'* me pediu que me arrumasse bem e me emprestou o colar de pérolas que ela mesma usara em seu casamento. No restaurante sentei-me perto dela porque a família de Irene falava um dialeto estranho, e eu tentava traduzir mal e parcamente o pouco que entendia. Comi tudo, mas só para encher a barriga. Sentia-me selvagem e sempre ávida de solidão. Estava preocupada com o curral e não via a hora de voltar. Além disso, os gerânios da sala me deixavam melancólica. Vinham-me à lembrança o rosto de Maja e os beijos de Barbara. E vinha-me à lembrança Erich, que no dia do casamento estava com uma gravata-borboleta apertada que eu não via a hora de desabotoar. E vinha-me à lembrança você também, que, quando me casei, era só um desejo que eu tinha sem saber.

No fim do almoço, meu irmão disse que estava contente por ter se casado com Irene e que sem ela sabe-se lá que vida horrível teria levado. Não sei como foi que os anos voaram, e Peppi e eu nunca nos comportamos como irmãos. Sempre nos gostamos de um modo abstrato. Peppi me disse que frequentemente se lembrava de quando, aos domingos, ficávamos todos juntos, ou de quando fazia cócegas nas costas largas de *Ma'* porque não se conformava que ela não risse de suas palhaçadas. Disse também que se sentia bem em Sondrio e que não tinha lá tanta saudade de Curon.

— Gosto de trabalhar como pedreiro; *Pa'* ficaria satisfeito comigo.

— Já estava satisfeito, você era o queridinho dele.

— Lembra que gênio infernal ele tinha?

— Mas se ele era uma seda! — protestei.

— Com você talvez; comigo era um bronze, que seda, que nada! — exclamou, rindo sozinho.

No dia seguinte fui com ele levar flores ao cemitério. No caminho, ele me tranquilizou, dizendo que Erich logo voltaria são e salvo, porque com Hitler estávamos todos em segurança, inclusive os soldados italianos.

— Eu me intoxiquei com alcaçuz porque sou um covarde, mas tenho confiança em Hitler — disse, olhando a lápide de *Pa'*.

— Se você tivesse sido recrutado, também teria sido mandado para a Silésia ou sabe-se lá para onde, como os outros que partiram em 1939 para o Reich.

— Tenho certeza de que a guerra vai acabar bem para nós — repetiu, sem dar importância às minhas palavras.

— Ele, no entanto, não tinha nem um pouco de certeza — respondi, apontando para o túmulo de *Pa'*.

Quando Peppi, Irene e família pegaram o ônibus de volta, fui para o curral ordenhar as vacas, mas minhas mãos doíam. *Ma'* veio me ajudar e disse que daquele jeito elas teriam mastite, e eu as encontraria jogadas no chão por causa da dor, e os mugidos nos acordariam de madrugada. Então comecei a espremer os úberes freneticamente, até que deixei de sentir dor nas palmas das mãos. *Ma'* me dava tapas nos ombros e me repreendia:

— Força, mocinha, não se perca em seus pensamentos.

Para ela, o pior inimigo eram os pensamentos.

Às quartas-feiras Maja vinha me visitar. Eu descia das montanhas quando a sombra ainda não tinha escalado a encosta do Ortles, livrava-me do suor e punha uma roupa limpa. *Ma'* ficava contente quando Maja vinha. Preparava a *panna* e punha uma colherada em cima do leite.

— Acabem com ela, senão amanhã vai estar dura e será preciso cortar com faca — dizia.

Maja e eu íamos de bicicleta até o rio. Vigiar o canteiro de obras era um jeito de sentir Erich mais próximo. Os tratores tinham arrancado tudo, derrubado lariços e abetos, escavado um álveo imenso. Os caminhões iam até Vallelunga e voltavam carregados de terra e pedras de cantaria, que depois eram amontoadas nas escavações. Agora era mais fácil imaginar a represa. Em San Valentino tinham construído uma barragem enorme, criado um reservatório de água com que alimentavam as centrais de Glorenza e Castelbello. Maja e eu nos olhávamos mudas. Observávamos a movimentação dos trabalhadores, operosos como abelhas, que demarcavam a área sobre a qual depois passavam as escavadeiras levantando lufadas de poeira. Se tentássemos fazer alguma pergunta, os carabineiros de guarda levantavam as sobrancelhas sem responder. Num domingo de sol ficamos fora o dia todo e, devagar, chegamos a Glorenza, e ali também canteiros de obras, máquinas e centenas de trabalhadores executavam mecanicamente os mesmos gestos. Todo o vale parecia ter-se tornado refém. Diante de nosso silêncio, diante de nossos olhos.

Quando voltamos, eu disse a Maja que aqueles trabalhadores sem dúvida eram uns pobres coitados, e, para virem até aqui do Vêneto ou dos Abruzos ou da Calábria, sabe-se lá quantos teriam morrido de fome e a sorte que representava para eles construir a represa. Trabalho garantido por meses, talvez anos, sem precisar partir para o *front*. Então Maja ficou pensativa e curvou para baixo seus lábios finos.

— Aqui a gente já nem sabe mais de quem ter raiva — disse, bufando.

Continuamos indo ao canteiro de obras até o inverno chegar e as estradas ficarem intransitáveis para as bicicletas. A gente derrapava em cada curva, e as rodas deslizavam o tempo todo. Acabávamos atirando neve uma na outra e ríamos quando a sentíamos entrar debaixo da roupa.

A cada bola gritávamos: "guerra, tomá no cu!", "fascistas, tomá no cu!", "represa, tomá no cu!" e prosseguíamos até ficar com os braços doendo e os dedos gelados.

Eu era preguiçosa, mas Maja queria sair mesmo no inverno. Gostava de andar sobre o lago congelado. *Ma'* nem me dava tempo de decidir, pois me enxotava do curral como um rato.

— Saiam daqui, preciso lavar o chão, e vocês me atrapalham! — dizia.

Então, para satisfazê-la, eu saía, mas lá fora pedia a Maja que me levasse ao seu *maso* porque o lago congelado eu não queria nem ver. Bastava olhá-lo para à noite sonhar que estava andando por cima dele com você. Era um sonho lindo, mas eu tinha medo que ele se repetisse. Você e eu o atravessamos de mãos dadas até nossos pés entrarem numa fenda. Caímos. Mas não morremos. Ficamos envolvidas por uma água tépida. Nadamos sem peso. Voltamos a ser o mundo uma da outra.

Na casa de Maja, ficávamos na frente da estufa, que zumbia. Ela punha alguns galhos no fogo e, devagarinho, eu sentia o sangue circulando de novo nas pontas dos dedos. Quando ela ia avivar a chama com o atiçador, um clarão manchava as paredes e iluminava todos os seus cabelos esgrouvinhados. Com Maja eu podia falar de você. Contava-lhe como você era e que caráter tinha, que respostas afiadas sabia dar, apesar dos dez anos de idade.

— Agora, se a visse na rua, não a reconheceria, já deve ser mulher e ter esquecido a infância — dizia eu, com estranha vergonha.

Maja ouvia sem dizer nada, suspirava com a cabeça reclinada para trás. Quando eu não aguentava mais aquele silêncio, punha a sua carta na mão dela, e então ela me mandava jogar fora de uma vez por todas aquela maldita carta. Se lhe pedisse que apontasse minhas culpas, ela respondia que a vida é uma mixórdia de casualidades, e não há sentido em falar de culpas. Depois se levantava de chofre, esfregava as mãos em meu rosto e me pedia que a ajudasse a preparar os *canederli** ou a compota de mel.

Um dia, porém, ela me interrompeu bruscamente e disse que já estava farta do meu choro e não me suportava mais.

---

* Bolotas feitas de miolo de pão, leite, carne suína e ovos, cozidas no caldo de carne. [N.T.]

— No sofrimento é preciso chegar até o fundo, mais fundo do que você vai! — gritou. — É preciso chegar ao ponto de querer entregar a vida aos cães porque só assim se pode encontrar paz! Você não sabe que fazer um filho significa contar com a possibilidade de enormes dores? Será que vou eu precisar lhe explicar que filho é uma coisa e nós somos outra? Em todo caso, pelo menos você os teve, enquanto para mim o tempo passou e, quando eu for velha, ninguém vai se lembrar de vir me ver, e eu vou ficar aqui como uma cretina, olhando o fogo da estufa!

Eu fiquei parada, olhando-a chorar de raiva, querendo fugir para casa. Mas, quando me levantei, ela se pôs diante da porta e de cabeça baixa disse:

— Desculpe, Trina, foi sem querer. Mas talvez seja melhor você deixar de falar comigo sobre sua filha, porque eu não sou boa para consolar.

CAPÍTULO SEIS

No começo de 1942 deixei de receber cartas. Algumas noites eu sonhava que via Erich voltar com você. Chegavam de mãos dadas da estrada que leva à Suíça.

Parecia que eu sempre tinha vivido daquele jeito. Sair com os animais, carpir a horta, dobar a lã e, quanto ao resto, deixar a decisão por conta de Michael, que trazia dinheiro para casa e gostava de falar grosso. Na realidade, também era um pobre coitado, fechado da manhã à noite naquela oficina, com pó de serragem a lhe entrar nos pulmões. No porta--notas dele encontrei a foto do *führer*.

Uma vez por mês havia um encontro das mulheres que tinham o marido ou o filho no *front*. Para contentar *Ma'*, eu enfiava o casaco e saía arrastando os pés como um urso. Na casa de uma ou de outra só se fazia rezar, ou então eu precisava ficar lendo e relendo as cartas que elas me punham na frente dos olhos, nas quais nunca estava escrito nada. Eu saía de lá atordoada, não via a hora de voltar a cuidar do curral e ordenhar as vacas em paz. Começava a me convencer de que era melhor imaginar Erich morto, porque assim eu ficaria feliz se ele voltasse. Com ou sem você.

O velho que vinha buscar lá começou a mandar o filho. Era um rapaz alto e magro, com escápulas salientes por baixo do suéter. Tinha olhar doce e sempre me chamava pelo nome. Era mais novo que eu, e seu rosto ainda tinha um pouco da sujidade da juventude. Com o passar do tempo pegou o costume de subir à casa e toda vez tentava encomprirar a conversa, mesmo nunca sabendo o que dizer. Uma vez, *Ma'* lhe ofereceu alguma coisa quente e, no tempo em que ela ficou na cozinha fervendo água, ele pôs a mão sobre meu joelho e, muito sério, disse que queria cuidar de mim. Eu fiquei olhando para ele, fixando seus olhos doces.

— O que quer dizer "cuidar de mim"?

— Que vou pagar mais pela lã. Duas, três, até quatro vezes mais.

Dei uma gargalhada e disse que, se ele queria pagar quatro vezes mais pela lã, eu não tinha nada a opor, e ele podia começar a fazer isso a partir daquele dia. Ele se sentiu ferido, e seus olhos se tornaram melancólicos. Ficou olhando para mim boquiaberto, e eu não sabia se devia pedir desculpas ou continuar rindo, de tão engraçado que era. Depois, de chofre, aproximou-se de minha cadeira, pôs de novo a mão sobre minha perna e disse que nunca sabia se explicar com as mulheres.

— Quer ajuda para descarregar o feno? — perguntou-me quando *Ma'* veio pegar as xícaras.

Descarregar feno e distribuí-lo pelos cochos era um trabalho que eu odiava, portanto disse que sim. Assim que entramos no curral, ele trancou a porta. Perto do monte de palha, segurou-me pelos ombros e me cobriu o rosto de beijos. Ele parecia jovem e magro demais para me machucar, então deixei-me beijar. Sua boca também era doce, e, ao sentir outro hálito, outra carne que não a de Erich, eu percebia que meu corpo tinha uma vontade imensa de se entregar. Ele me deitou na palha, beijou meu pescoço e apertou meus seios com aquelas suas mãos rachadas pelo frio; depois, em um segundo estava em cima de mim e, enquanto fazia amor, dizia que me amava e que queria cuidar de mim. Eu lhe tapava a boca, porque queria sentir apenas o calor de seu corpo, seu ardor de rapaz sem pensamentos, o feno pontiagudo que penetrava em meus cabelos e se enfiava no suéter que ficaria impregnado pelo cheiro dele durante vários dias.

— Isso não pode acontecer outra vez — disse-lhe, no fim.

— Nem se seu marido não voltar da guerra?

— Meu marido vai voltar — respondi, abrindo a porta para expulsá-lo.

Para não o deixar subir de novo, eu me punha diante da porta e o esperava, olhando para rua com uma cara de poucos amigos que não era minha. Quando o triciclo motorizado chegava, eu fazia sinal, indicando que me esperassem ali, que não precisavam descer. O velho, vendo-me andar vergada sob os montes de lã que eu recolhia num pedaço de lona e carregava nas costas, dava uma risadinha e cutucava o filho com o cotovelo, e aquele seu riso disforme me dava vontade de lhe enfiar a lã na goela. O rapaz me olhava aflito, e depois de algumas semanas começou a carregar os montes de lã com muita pressa e a pôr o dinheiro em minha mão com desprezo, sem nem olhar para a minha cara. *Ma'* também dizia que era melhor não deixar mais nenhum homem entrar em casa, porque em tempos de guerra as intenções deles se tornam perversas.

— Eles nos deixam sozinhas, depois se queixam quando acontecem certas coisas — repetia, enquanto continuava remendando. — Ficam em volta, como abutres, esperando a mulher dar um passo em falso, assim podem tratá-la como puta pelo resto da vida.

Ouvindo-a falar desse jeito, eu ficava paralisada, sem entender se ela dizia aquilo porque sabia o que eu tinha feito no palheiro, ou apenas por causa de seus medos. De vez em quando quem vinha ter conosco era Anna, a mulher do ferreiro. Era alta, de quadris estreitos e queixo pontudo. Costumava vir para aprender a costurar. Certa manhã, porém, apareceu trazendo pela mão um pirralho de menos de dez anos.

— É o meu filho mais novo — disse sem entrar. — Toda vez que o professor fala com ele, ele responde em alemão e, de tanto levar varadas nas mãos, elas ficaram cheias de feridas — concluiu, abrindo na marra aquelas mãos avermelhadas que o garoto apertava como se escondesse dinheiro roubado.

— Ensine-lhe um pouco de italiano — pediu-me. — Pelo menos o necessário para ele não levar mais varadas. Tenho medo que meu marido faça alguma besteira qualquer dia.

— Não posso dar aula de graça — disse eu.

Ela assentiu e disse:

— Dinheiro não posso dar, mas posso trazer salame, ovos ou o que eu arranjar por aí.

Ma' apareceu na porta e pôs na mão do menino um pão de açúcar que ele mordeu na hora.

— Vocês dão o que puderem, não se preocupe — atalhou *Ma'*, convidando-a a entrar.

Eu a olhei chocada. Fosse eu menina ou mulher, *Ma'* seria sempre a mesma comigo. Resoluta e autoritária. Todas as vezes surgiria às minhas costas para me tirar das dificuldades. E não por gostar de agir assim, mas porque, na sua opinião, eu não podia me dar ao luxo de ser tão indecisa.

— Se queria bancar a indecisa, não devia ter-se casado com um camponês! — era seu modo de me aporrinhar às vezes.

Ensinar italiano não era nada que me agradasse muito, mas, passando algumas horas à mesa com aquele pirralho desinteressado, que se distraía continuamente e agitava os pés como se os sapatos tivessem fogo, eu por fim me sentia útil a alguém.

Um dia, quando tentava ensinar-lhe uma poesia, concluí que o italiano, se não me tivessem feito odiá-lo com todas as forças da minha alma, era uma bela língua. Quando a lia, tinha a impressão de estar cantando. Se não a houvesse associado mecanicamente àqueles fascistas fanfarrões, talvez tivesse continuado a cantarolar as canções que ouvia no gramofone de Barbara — *um bacio ti darò / se qui ritornerai / ma non ti bacerò / se alla guerra partirai* — e Maja e os camponeses talvez tivessem feito o mesmo, e todo este vale com o tempo se tornaria um local de encontro de gente que sabe se entender de vários modos, e não um ponto incerto da Europa onde todos se olham de viés. No entanto, o italiano e o alemão eram muros que continuavam sendo levantados. As línguas tinham se tornado marcas raciais. Os ditadores as tinham transformado em armas e declarações de guerra

CAPÍTULO SETE

Um jipe do exército parou diante do *maso*. Dois militares o ajudaram a descer. Tinha uma perna engessada e, nas mãos, as bengalas em que se apoiava para andar. Depois de poucos passos, eles o ergueram pelas axilas e o deixaram na soleira da porta. Erich apressou-se a dizer que não estava inválido, só tinha uma perna ferida e, depois de curado, logo voltaria para o *front*. Os militares anuíram.

Quando o jipe pegou a estrada de volta, Erich me perguntou de você e, vendo-me balançar a cabeça, tratou de mudar de assunto. Disse:

— Não é verdade que vou voltar a combater, Trina. Não vou combater nunca mais. Se vierem me buscar outra vez, fujo para as montanhas.

E, desajeitado, tentou levantar-se, porque queria rever a casa. Tinha o rosto abatido e, na testa, uma ruga profunda como um corte. Eu não tirava os olhos dele. Passei a mão em seus cabelos, que tinham ficado mais ralos e de um louro esbranquiçado. Seus modos, porém, eram os de sempre. Dedos que se agitavam tamborilando a mesa, uma fome de garoto que o fez devorar quatro nacos de queijo em poucos bocados. *Ma'* logo se pôs a cozinhar e, sem dizer nada, desceu para comprar uma galinha. Ao voltar, encontrou Erich adormecido na cadeira, com o queixo no peito. Michael chegou correndo, alguém deve tê-lo avisado. Ficou parado, a olhá-lo dormir, e sorria, balançando a cabeça. Parecia que ele era o pai, e Erich, o filho. Depois Michael foi lavar-se na tina, penteou-

-se diante do espelho e quis vestir o suéter escuro, de festa. Eu também me lavei e me penteei, retirando o palito de madeira dos cabelos crespos. *Ma'* aprontou a mesa com a toalha branca de algodão. Mandávamos de volta as pessoas que chegavam da vizinhança, querendo ver o retornado.

— Amanhã, amanhã! — pedíamos, barrando a porta.

Ele comeu encurvado, segurando a cabeça com a mão. Pedia-me o tempo todo que lhe servisse vinho, e eu nunca o tinha visto tão dado a beber. Michael não parava um minuto de fazer-lhe perguntas. Erich respondia aborrecido que queria comer em paz, que falar da guerra lhe tirava o apetite. Enquanto mastigava, fazia caretas, e eu entendi que bebia para sentir menos a dor na perna.

Quando desceu ao curral, achou os animais malcuidados. Disse que uma vaca estava com os olhos doentes, e as ovelhas, desnutridas.

— Não quero mais ir para a guerra, Trina — murmurou, acariciando o focinho daquela vaca. — Nunca mais.

Na cama, mostrou-me o ferimento na perna, do qual tinha sido extraído um projétil. Ficamos conversando até tarde. Falávamos como se não nos conhecêssemos mais. Naquela noite não pensei em você nem por um momento.

Quando a dor diminuiu, a primeira coisa que ele fez foi ir a pé ao canteiro de obras da represa.

— Ficou louco? — disse eu. — Quer ir até lá?

— Cuide você hoje dos animais, a partir de amanhã eu trato disso — ordenou-me.

Afastou-se mancando. Parecia um pêndulo e me dava pena. Michael foi encontrá-lo e, quando chegou, ele olhava boquiaberto os fossos nos quais os caminhões vomitavam terra. Com as mãos arpoava o arame das cercas. As veias se ressaltavam dos ossos, tornando azulada sua pele. Michael parou a seu lado e ficou com ele a observar os operários, os tratores desvairados, os carabineiros que fumavam encostados ao capô dos jipes.

— Venha, papai, vamos embora.

Enquanto Michael pedalava, Erich, apertado entre os braços do filho, olhava os abetos que cobriam as encostas das montanhas e respirava o cheiro do céu.

— Se me chamarem de novo, fujo para as montanhas — disse a Michael quando chegaram à taverna.

— Nem eu quero lutar ao lado dos italianos, papai.

— Nem dos italianos nem dos alemães. Eu não quero mais fazer guerra — disse, articulando bem as palavras, com raiva.

— Mas de lutar pelo *führer* eu bem que gostaria — disse Michael.

— Os alemães se tornaram racistas e sanguinários.

— Se o *führer* faz o que faz, terá suas razões.

— Quais são as razões para exterminar todo mundo? — disse Erich, agressivo. — Por que essa guerra que dura há anos? E nós, o que temos com ela?

— Sob o governo dele nascerá um mundo melhor, papai.

— Um mundo de escravos que marcham em passo de ganso, isso é o que nascerá!

— Os nazistas não vão fazer a represa, você não fica contente com isso? — continuou Michael, impávido.

Então Erich berrou de novo, tão alto que os velhos sentados às mesas da taverna se viraram para olhar.

— A mim não basta que não nos afoguem para aprovar o que estão fazendo! — e esforçou-se por se levantar desajeitadamente.

Michael tentou detê-lo, mas ele empurrou o braço do filho e o agarrou pela blusa, puxando-o para si:

— Você não sabe de nada. Você não passa de um delinquentezinho — repetiu, enojado. — Vá lá com seu Hitler, idiota.

Não se falaram durante dias. À noite, na minha frente, tentavam manter uma cordialidade artificial que os fazia parecer ainda mais odiosos para mim. Depois de pôr o jantar na mesa, eu me sentava no lugar de Erich, entre os dois, e, engolindo a sopa, me perguntava de que servira toda a trabalheira de criar filhos.

Algumas noites em que Michael saía, eu me zangava com Erich, dizia que o deixasse em paz, que no fundo ele trabalhava duro e nos entregava todo o dinheiro que ganhava, sem pestanejar.

— Com Hitler ou sem Hitler, Michael é um bom rapaz. Você deveria ser menos duro com ele — e lhe falava de todo o tempo que ele ficara a

olhá-lo dormir, quando os soldados italianos o tinham trazido do *front*.
— Não lhe basta o bem que lhe quer? — perguntava eu, nervosa.

Mas Erich, quando eu falava assim, voltava-se contra mim, gritava que ter um filho nazista era o pior que lhe poderia acontecer. O fato de as pessoas não entenderem isso, o fato de quase todos serem como seu filho não mudava nem um milímetro a situação. O nazismo era a maior das vergonhas e, mais cedo ou mais tarde, o mundo perceberia.

Embora fosse incessante o barulho daqueles aviões que chegavam de trás do céu, com Erich por perto a guerra voltou a me parecer irreal. Eu não tinha mais tempo para pensar no caso. Lembrava-me da guerra só quando chegava à cidadezinha algum telegrama dizendo que alguém morrera. Então se ouvia o choro vindo das outras casas e via-se gente vestida de preto ir em procissão à porta da família, sem saber o que dizer, principalmente se o morto fosse um rapaz. Nesses dias os sinos dobravam durante longas horas, e Erich agora não perdia uma única missa.

Erich retomou depressa sua vida de camponês e dedicou-se a restabelecer a saúde dos animais. Levava-os aos prados novos, onde podiam se fartar de pastar. Voltava cedo, e no meio da tarde os animais já estavam no curral. Agora não ficavam apinhados, porque eram menos numerosos. Mandou abater outros, pois não tínhamos dinheiro para tratar de todos. Foi bem pago, porque carne havia pouca e, segundo ele, agora podíamos vender algumas vacas velhas e pôr as mais novas para emprenhar e criar novilhos.

Depois do trabalho, saía com o cigarro de lado na boca. Às vezes chamava Grau e na porta me dizia:

— Venha comigo.

— Espere, vou me arrumar — respondia eu.

— Não, saia assim como está.

Então brigávamos, porque eu já não queria sair como uma cigana. Não queria ser desmazelada, agora que meu marido voltara da guerra. Por isso, eu me arrumava correndo, mas, quando aparecia com o cabelo penteado e o vestido xadrez, ele já havia saído, e eu ficava imóvel a me olhar no espelho e me achava velha.

Nas ruas de Curon, Erich dizia a quem quer que encontrasse:

— Precisamos sabotar o canteiro de obras antes de sermos submersos.

Mas os velhos respondiam que estavam velhos para fazer essas coisas, e os poucos homens que não estavam no *front* diziam que de qualquer modo não aconteceria nada, Hitler logo ocuparia o Tirol, e da represa não se falaria nunca mais. Alguns, porém, o intimavam:

— Segure a língua, se não quiser apanhar dos camisas negras quando estiver dormindo.

Então Erich recorria às mulheres. Mas as mulheres também balançavam a cabeça e respondiam que tinham marido ou filho no *front*, em algum lugar do mundo, vai saber se vivos ou mortos por tiros de metralhadoras. Não havia espaço na cabeça delas para pensar na represa ali nos confins do rio, onde seus olhares não chegavam.

— Deus não permitirá uma coisa dessas.

— Curon é sede do episcopado.

— Santa Anna nos protegerá.

Erich me mandava calar a boca quando eu dizia que Deus é a esperança de quem não quer mover uma palha.

CAPÍTULO OITO

Morriam muitos no Leste Europeu. Outros, na Rússia, às margens do Don. Vieram entregar os telegramas, todos no mesmo dia, e o oficial os deixou nas mãos das mulheres, olhando para as próprias botinas e batendo continência antes de montar de novo na motoneta. O padre ordenou que os sinos tocassem o dobre fúnebre até a noite. A taverna ficou vazia, e Erich disse que os corpos não voltariam, que era preciso pedir ao *podestà* que fizesse uma lápide coletiva.

Com frequência cada vez maior, chegavam à cidadezinha militares alemães dizendo que logo o Tirol do Sul se tornaria uma região do Reich. Alguns os aclamavam, outros passavam ao largo.

Karl tinha conseguido um rádio. Os homens reuniam-se para ouvir, e ele se queixava de que ninguém mais pedia bebida, dizendo que logo desmantelaria o aparelho a marteladas. Até Erich ia à taverna ouvir rádio e me contava que o *duce* fazia cada vez mais proclamações triunfalistas, sinal de que as coisas iam mal.

— Papai, dentro em pouco Hitler virá nos libertar — disse Michael certa noite.

Erich afastou o prato, encarou-o e respondeu:

— Se você se alistar com os alemães, não ponha mais os pés nesta casa.

Quando chegou a notícia do armistício, as pessoas foram à rua festejar. Quando os soldados do *führer* chegaram, as mulheres se debruçavam nas janelas com lenços nas mãos, agitando os braços. Aqueles homens que nunca tínhamos visto estavam sendo tratados por nós como libertadores. Passamos a ser a região meridional do Reich. Zona de operações dos Pré-Alpes. Alguns diziam que os fascistas continuavam comandando, outros, que eles não mandavam mais nada. Nas semanas seguintes, os burocratas italianos foram expulsos, mas sem que lhes tocassem um fio de cabelo. Divulgaram-se editais para a recontratação dos autóctones, e o italiano foi proibido em todas as repartições públicas. Todo aquele que fosse diplomado ou houvesse ocupado algum cargo e tivesse sido destituído por Mussolini foi convidado a apresentar-se para ser reintegrado.

Erich, desde a chegada dos nazistas, não saía de casa. Andava com as mãos atrás das costas e, se eu perguntasse "e agora, o que fazemos?", não respondia. Nem quando Michael veio dizer que as obras da represa tinham sido suspensas — o *führer* estava interessado em construir ferrovias —, nem então Erich abriu a boca.

Só quando os alemães assumiram o controle total do território e ficou claro para todos que Mussolini, preso ou solto, já não contava nada; só quando as ordens e os despachos que chegavam um após outro dos centros de comando de Merano anunciaram em letras de fogo o recrutamento iminente dos homens; só então entendi o que agitava Erich. Ele, que no *front* havia visto os nazistas matar e aprisionar, sabia que a decisão de ficar em Curon e não partir para a Alemanha, tomada no tempo da "grande opção", era uma culpa que precisava ser expiada. Os primeiros na mira dos alemães seriam os que não tinham partido em 1939. Os que não haviam acreditado cegamente em Hitler desde o início. Até Michael dizia:

— Precisamos nos alistar como voluntários. Precisamos expiar nossa culpa.

Uma noite, ele disse em particular a Erich, com voz pacata:

— Escute, papai, Hitler conhece nossa história, sabe o que passamos. Vai nos recrutar, é verdade, mas não para nos mandar a algum *front* distante. Vai nos mandar aqui perto ou nos atribuir tarefas administrativas. Para os combates na Europa ele vai expedir quem não se alistar espontaneamente — concluiu, buscando a mão do pai.

— E o que é que você sabe? — perguntou Erick, com desdém.

— Ontem me alistei.

Erich levantou a cabeça de chofre, e Michael sustentou seu olhar.

— Fiz isso por você também, papai.

Finalmente, numa noite em que não conseguíamos dormir, Erich me falou do tempo em que estava no *front*.

— Marchamos vários dias, sem parar. Vi as montanhas da Albânia, baixas e áridas, mas íngremes e cheias de fissuras. Escalamos durante noites inteiras por trilhas de mulas e não podíamos sequer perguntar se o caminho ainda era comprido. Atirei, não sei quantos homens matei. Não mais que outros, mas em número suficiente para merecer o inferno. No fim das contas, estar vivo é uma injustiça. Nós, tiroleses, muitas vezes éramos maltratados pelos militares, que nos obrigavam a limpar seus sapatos, e ninguém nunca nos chamava pelo nome. Quando nos mandaram para a Grécia, tive um amigo, um de Rovereto, que contraiu difteria assim que chegamos. Antes da inspeção, eu espalhava umas gotas de sangue nas faces dele. Fazia um furinho na ponta do meu dedo e o maquiava para dominar a palidez. Assim lhe dei mais alguns dias de vida. Depois, uma noite me mandaram fumar com ele e o mataram diante de meus olhos. Dois minutos depois precisei comer o rancho.

Eu segurava a respiração, com o queixo apoiado nos joelhos apertados entre os braços e olhava a luz da lua entrando pela janela.

— E os alemães são ainda mais cruéis que os italianos. Deportam, torturam.

Voltei-me para olhá-lo e ele me disse de novo:

— Trina, se quiserem me arregimentar, fujo para as montanhas.

— Então fugimos juntos.

Alguns dias depois Michael apareceu fardado. Veio em busca de um abraço, sorrindo contente, como se com aquela roupa tivesse finalmente se tornado homem.

— Logo vou ser tenente ou comandante da Wehrmacht, mamãe, vou ter bom ordenado e estrelas na farda — disse satisfeito.

Eu assentia, sem olhar para ele, e ajustava a lapela do capote.

— Nem você está satisfeita comigo? — perguntou-me, projetando o queixo para a frente.

— Não se preocupe, eu nunca estou satisfeita.
— É bonita esta farda, não é?
— Sim, é muito bonita.

Disse que tinha sido incumbido de um patrulhamento em Val Padana. Era uma missão contra os *partisans* que infestavam o Norte da Itália. Junto à porta, segurei-o pelos ombros e lhe disse:

— Agora vou lhe pedir uma coisa, e você precisa dizer que sim.

Ele me olhou perplexo e não disse que sim. Precisei repetir três vezes. Só então assentiu e, com um aceno, me incitou a falar.

— Você precisa nos ajudar a fugir.

Ele empalideceu. Depois cerrou os punhos.

— É o nosso segredo — disse-lhe.

Não respondeu.

— Repita: é o nosso segredo.

Ele repetiu.

— Se para você o *führer* for mais importante, pode agir como espião e mandar nos fuzilar. Pode se vingar em sua avó ou ser impiedoso com seu pai — continuei, com ar de desafio.

— Foi ele que lhe pediu?

— Não, ele não sabe de nada.

Seus olhos se aguçaram, seu rosto enrubesceu. Olhou-me como se olha um inimigo, mas naquele momento não importava mais. Eu só queria proteger Erich e fugir com ele.

— Depois venho dizer onde é mais seguro — disse com uma voz que não era dele, e saiu sem me beijar.

Entrou no quarto de *Ma'* e beijou-a. Depois desfilou diante de mim com seu capote cinzento e bateu a porta com violência. A vela sobre o bufê se apagou.

Peguei duas bolsas. Pus dentro a roupa pesada de Erich, os suéteres de lã crua, um pedaço de sabão, sapatos, meias, cobertor. No pouco espaço que restava eu enfiaria um pedaço de polenta, potes de carne salgada, bolachas e biscoitos de água e sal. Na minha bolsa eu poria o cantil, na de Erich, um frasquinho de grapa. Preparei tudo sem pensar, como se de repente tivesse ficado claro que não tínhamos outra possibilidade. Escondi as bolsas dentro do baú e joguei por cima uns trapos velhos.

Fui para o quarto de *Ma'*. Toquei seu ombro e sentei-me a seu lado.
— Você está bem? — perguntou-me.
— Estou bem, sim.
— Michael volta logo.
— Escute, *Ma'*, Erich e eu vamos fugir para as montanhas. Se quiser, pode vir conosco, mas é melhor ir morar com Peppi.
— Se seu marido se alistasse, você poderia começar a lecionar.
— Não me interessa ser professora na escola nazista. Além disso, Erich não vai se alistar.
— As mulheres dos desertores são mortas.
— Você também vai ser morta se ficar aqui. Precisa ir morar com Peppi.
Pediu-me que saísse do quarto, depois, à noite, me chamou e disse sem me olhar:
— Está bem, vou para a casa de Peppi.
Aqueci água na tina. Quando Erich voltou, ajudei-o a se lavar e pus o jantar na mesa. Tentava não cruzar meu olhar com o dele. *Ma'* quis ficar em seu quarto e lhe levei uma tigela de caldo de carne.
— Preparei as bolsas, estão dentro do baú.
Erich ergueu a cabeça e anuiu.
— Michael partiu?
Eu disse que sim, ele fez cara de nojo e continuou mastigando sem vontade. Naquele momento tomou conta de mim um desejo novo, que nunca mais senti. Eu queria me desfazer de tudo o que tinha. De minhas coisas, dos animais, dos pensamentos. Só queria afivelar as bolsas e partir. Ir embora dali. Escrevi uma carta a Peppi, em que lhe pedia que viesse o mais depressa possível pegar *Ma'*. Não pensei em Michael, que talvez não revisse mais. Não pensei na guerra nem nas montanhas que nos esconderiam ou nas quais morreríamos. Não pensei em você. Durante quatro anos, a cada noite, eu lhe escrevera cartas num velho caderno. Reli tudo de um só fôlego, depois depositei o caderno na lareira. As brasas escarlates estriavam a cinzas. O fogo se enfiava lentamente entre as páginas, crepitando, recobrava vida. Nunca me senti mais livre.

CAPÍTULO NOVE

Certa manhã vieram me perguntar por que eu não voltava a lecionar. Indagaram se eu era contrária à escola nazista.
— Não, em absoluto — disse eu.
Assim que consegui me livrar daqueles homens, parou um carro na frente do *maso*. Dois oficiais perguntaram por Erich Hauser. Eu tinha deixado a porta aberta, e da porta aberta entrava sol. Minha blusa estava desabotoada, e um dos dois olhou o roupão, descendo o olhar até as pernas.
— Vou dizer para ele ir ao comando, agora está fora com os animais.
— Por que não se alistou como voluntário?
— Por minha causa — respondi —; estou doente. Decidimos que nosso filho se alistaria e que meu marido ficaria aqui. Ele já combateu dois anos, voltou ferido da Grécia.
Verificaram numa lista se Michael tinha de fato se alistado. Quando encontraram o nome dele, adotaram modos corteses.
Erich foi ao curral abater o novilho. Matou-o com um revólver que tinha trazido do *front*. Esfolou o animal e pôs a carne para secar. As vacas pisoteavam o chão e soltavam mugidos atordoantes. Durante todo o dia ficaram assustadas. Erich trouxe a carne para casa e eu a cortei em fatias. Enfiei tudo em potes de vidro. Uma fatia de carne, um punhado de sal. Foi assim até o fim da carne, até o fim do sal. Erich deixou as três vacas

no *maso* do amigo Florian. As ovelhas, com outro camponês, chamado Ludwig. Deu uma desculpa, pedindo que ficassem com elas. No dia seguinte entenderiam por quê. Quando ele voltou à noite, pus a carne para fritar na manteiga. Despejei a gordura sobre a polenta e comemos. Comemos até nos fartar. Lá fora havia pencas de estrelas, e, vendo-as, eu me perdia no pensamento de que nada era verdade. Não era verdade a fuga para as montanhas, não era verdade que *Ma'* tinha ido para Sondrio morar com Peppi. Não era verdade que meu filho era nazista.

— Tenho medo que eles descontem em Michael — disse eu.

— E eu tenho medo que Michael mande os nazistas atrás de nós.

— Pare de dizer maldades. Isso ele não vai fazer.

— E eles não vão lhe fazer nada além de algumas perguntas.

Tirei a mesa. Lavei a louça na pia e limpei o bufê, os móveis e, por fim, o chão.

— Por que está se cansando assim? — perguntou Erich. — Esta casa vai ser esquadrinhada e talvez incendiada. Não adianta deixar limpa.

— Pois mesmo assim vou deixar limpa.

Erich deu de ombros, depois colocou algumas outras coisas nas bolsas e preparou dois sacos de palha, nos quais dormiríamos. Eu circulava de um aposento a outro, verificando se tudo estava em ordem. Precisava acreditar que voltaríamos. E que *Ma'* também voltaria e de novo faria tricô com a agulha debaixo do braço. Voltaríamos todos. Peppi com sua mulher Irene, os rapazes da cidadezinha recrutados pelos nazistas, Michael, que logo faria as pazes com Erich. E você também voltaria. A guerra acabaria e nós finalmente a traríamos de volta a Curon.

Saímos noite alta. Lancei um olhar à cozinha e à copa. Os panos de prato tinham ficado dobrados e empilhados, os copos ainda pingavam. No ar pairava o cheiro da carne fresca.

Sobre o Ortles via-se um crescente de lua. Soltei a corrente de Grau, que levantou a cabeça de cima das patas e me olhou com seus olhos enrugados. Acariciei-lhe o focinho e o rabo.

— A gente se vê logo, Grau — disse Erich, massageando-lhe as orelhas.

Depois me deu a mão e fomos. Já não me lembrava quando ele me dera a mão pela última vez. Eu me sentia mole e leve.

Encaminhamo-nos para os lariços. No bosque a escuridão se adensou de repente, e o frio tornou-se cortante. Erich acendeu o farolete e ficou olhando meu rosto iluminado pelo foco de luz. De nossa boca manava neblina.

— Está com medo? — perguntou.

— Não — respondi.

Tinha vontade de beijá-lo, ali no meio do bosque.

— Convém subir agora que está escuro. Subir o máximo possível e ir em direção à Suíça. Há grutas e feneiros, e mais para o alto vamos encontrar refúgios. Precisamos chegar mais acima dos alemães que controlam as fronteiras e parar antes de encontrar a polícia suíça.

Quando a subida se tornou íngreme, ficamos mudos. Era preciso prestar atenção aos ruídos. Erich empunhava o revólver e, a tiracolo, levava a espingarda. Os ramos farfalhavam o tempo todo, e eu não pensava nos militares, mas nas cobras e nos lagartos fazendo rebuliço nas folhas, nos lobos assustados com os barulhos, nas corujas de olhos amarelos. Puxei para cima do nariz o cachecol de *Ma'*, depois cobri as orelhas, depois a cabeça.

Se eu tropeçasse ou o terreno se tornasse íngreme demais, Erich me passava o farolete e logo me dava uma bronca porque eu iluminava seu rosto. Paramos por um momento para ouvir o barulho de um rio. Completamos o cantil. A água era gelada, e eu lhe disse que bebesse devagar. Eu queria conversar, mas Erich não me dava atenção. Reinava um silêncio profundo, como o que devia ter estagnado em nossa casa vazia.

— Fique com as orelhas descobertas, a partir daqui podemos encontrar lobos.

— Erich, quando vai clarear?

— Agora falta pouco.

CAPÍTULO DEZ

Uma luz, primeiramente rosada, depois azul, penetrou a escuridão compacta do céu. O sol raiou. Erich apontou para Curon, minúscula abaixo de nós. Comemos sentados nas pedras as bolachas e o queijo. Ele me fez engolir um trago de grapa, que eu bebi tossindo. Um clarão límpido agora iluminava a planície, e dos escarpamentos despontavam galhos e arbustos. Eu tinha a impressão de ter escalado o mundo. De ter saído dele e não mais lhe pertencer.

— Podemos nos arranjar aqui — disse Erich.

Havia uma gruta na encosta da montanha. Era estreita, e para entrar precisamos engatinhar. Erich a inspecionou e disse que não era toca de nenhum animal. Começamos a amontoar ramos e a pisotear os resíduos de neve.

— Vamos precisar viver acampados aqui dentro? — perguntei-lhe perplexa.

— Só por alguns dias, depois vamos para um *maso* onde podem nos hospedar.

— E quem vai nos hospedar?

— O padre Alfred me deu um bilhete que vamos mostrar à dona do *maso*. O filho dela é um jovem padre de Malles — disse, entregando-me o bilhete que levava no bolso.

— Vamos dormir no chão? — perguntei, olhando ao redor.

— Vamos descer e pegar folhas para fazer enxergas — respondeu, paciente. — Com os sacos que temos não vamos sentir tanto o frio.

Eu exigia que ele não se afastasse nem um metro de mim. Ameaçava, dizendo que começaria a gritar ou voltaria para o vale. Não queria de maneira nenhuma ficar sozinha. Erich então acariciou minha cabeça e explicou que logo precisaria caçar alguma lebre ou ave, ou pedir aos camponeses que lhe vendessem queijo. Não tinha sentido irmos juntos. Deixou comigo o revólver. Ficou com a espingarda. Eu nunca tinha atirado, nem experimentei, porque no tambor só havia seis balas.

— Basta pressionar com todas as forças, quando apertar o gatilho — dizia.

Eu fitava o ferro do cano e o sentia pesado em minhas mãos frias. Fomos buscar as folhas e, depois, explorar a zona. Não havia vivalma e, quando voltamos, Erich repetia convicto:

— Aqui em cima não virão.

— Virá mais neve, porém.

— Sim, virá muita neve.

— E o que vamos fazer quando chegar mais neve?

— Precisamos resistir só alguns dias, Trina, ter certeza de que os alemães não estão atravessando este caminho. Depois vamos ficar naquele *maso*, pagar a hospitalidade trabalhando e dar a eles o dinheiro que temos.

— Enquanto isso a guerra acaba?

— Espero que sim.

Sob o sol de meio-dia, tiramos os cachecóis e comemos mais queijo. Quem repousou primeiro foi ele. Com o revólver, eu fiquei fora da gruta a olhar a luz brilhante do céu. As nuvens longas e estreitas que se perseguiam naquele azul imaculado. Vi uma águia volteando ao longe. Inspecionei as árvores. Chutei pedras. O ar estava imóvel.

— Se vir troncos arranhados, afaste-se, pois significa que por aqueles lados há um lobo — dissera Erich.

— E se eu topar com ele? — perguntara eu, agitada.

— Atire nos olhos. E o mesmo você deve fazer com os alemães. E também com os italianos. Se quiser sobreviver, sempre atire nos olhos.

— Aqui em cima não estamos fora da guerra — dizia eu a Erich à noite, diante do fogo. — Este revólver é a guerra.

Ele concordava.

— Mas não nos tornamos cúmplices deles.

Quando a escuridão subia pelas montanhas, eu ficava olhando o céu, tentando reter a luz, como se aquele resquício fosse leite, e eu, uma menina faminta. Depois, de uma hora para outra, tudo ficava preto e desolado, e não se enxergavam nem mesmo os contornos das árvores. Então eu voltava derrotada para a gruta, punha a cabeça entre as mãos e engolia soluços. Erich não interferia. Às vezes se aproximava e tentava me abraçar, mas eu dizia que não me importava com os abraços dele. Queria só que o dia nascesse de novo.

Quando a luz voltava, eu esquecia num instante aquela escuridão dolorosa e, olhando ao redor, sonhava de olhos abertos. Eu era uma jovem esposa que subira às montanhas por amor ao marido aventureiro. Era uma guerrilheira temida pelos alemães. Uma professora que pusera seus alunos a salvo.

Durante as tardes, quando as horas não passavam, apoiávamos as costas numa árvore e falávamos de coisas de que nunca tínhamos falado.

— Onde estará Màrica? — perguntou ele uma vez, soprando as mãos.

Fiquei siderada, como se tivesse visto um lobo, e me aproximei dele. Ele nunca mais pronunciara seu nome. Repeti a frase. Depois ele disse que já ficara para trás o tempo de não falar do assunto.

— Eu só quero que ela esteja bem, em segurança, e que a guerra não a tenha afetado.

— Não gostaria de revê-la? — perguntei.

— Acho que isso nunca vai acontecer.

— E sua irmã?

— Ela, sim, gostaria de revê-la.

— É mesmo? Gostaria de revê-la?

— Sim, para perguntar por quê.

— Só isso você gostaria de perguntar?

— Sim, Trina. Só isso.

CAPÍTULO ONZE

Eu tinha perdido a noção dos dias. Perguntava a Erich quando partiríamos para o tal *maso*. Ele respondia que ainda não era o momento certo, e eu ficava de mau humor porque queria ir embora. Quando perguntava como conseguiríamos saber em que ponto estava a guerra, ele ria, dizendo que não se haviam passado nem duas semanas.

A carne salgada acabou. Acabou a polenta, acabaram as bolachas. Acabou o queijo, acabaram os biscoitos. Erich descia e sumia durante horas. Eu ficava sozinha naquelas alturas, a olhar o vale, e sentia uma vertigem estranha, uma pausa do vento que me imobilizava. Ele conseguia com os camponeses alguns nacos de *speck** ou um pedaço de queijo, mas comia cada vez menos, e seu rosto estava ainda mais cadavérico, encovado sob a barba híspida. As marmotas ele surpreendia quando estavam imóveis como estátuas, dando-lhes uma paulada nas costas. Eram um banquete as marmotas. Acendíamos o fogo sob a grelha, assávamos a carne e depois comíamos até deixar os ossos brancos. Ainda me sentia selvagem, mas não embrutecida, como quando ele estava no *front*.

Certa manhã em que Erich foi caçar, comecei a seguir pela margem de um riacho. Iludia-me pensando que encontraria peixes e a muito custo consegui encher o cantil com lascas de gelo. Quando encontrei a casa de

---
* Presunto cru típico da região, levemente defumado. [N. T.]

um camponês, bati. Uma mulher abriu a porta, e eu lhe contei que éramos desertores e estávamos tentando chegar à Suíça. Consegui uma lata de sopa e um frasco de vinho. Jurei que voltaria para pagar. Encaminhei-me vitoriosa para a gruta, imaginando os lábios lívidos de Erich sorrindo de satisfação. Com a boca cheia ele diria "falta um dia a menos" e beberíamos o vinho, com o prazer de senti-lo descer para o estômago.

Eu ia subindo devagar entre as árvores. Os pés afundavam na neve seca como em sal velho. Imaginei Erich a recolhê-la com a pá, porque essa era nossa luta diária. Ouvi vozes. Vozes alemãs, fazendo perguntas insistentes. Agressivas, aos berros. A gruta estava a dez passos de mim. Espichei-me para enxergar. Os militares estavam de costas, repetiam obsessivamente "*partisan?*", "desertor?". Erich não respondia. Eu me agachei. Dois passarinhos me fitavam de cima dos galhos. Deitei-me de bruços na neve, o frio entorpecia meus seios. Agora os enxergava bem. Continuavam a interrogar, e Erich continuava mudo. Puxei o revólver. Havia só seis balas. Apertei-o com todas as minhas forças. Mirei as costas do primeiro, que caiu com um baque surdo. O outro virou-se de chofre e o atingi no peito. Lançou um grito roufenho. Sobre aqueles corpos estendidos continuei disparando até que não houvesse mais projéteis no revólver. Erich estava paralisado, encostado na rocha. Seus olhos de pedra fixavam meu rosto sem o reconhecer. Eu o sacudi como se fosse um galho coberto de neve e rosnei entre dentes que se mexesse. Então ele me ajudou a pegar as armas dos alemães. Uma eu, uma ele. Ficamos sujos do sangue deles. Revistamos os capotes e pusemos nos bolsos o dinheiro que encontramos. Um dos dois porta-notas estava cheio de marcos. Com aquelas notas compraríamos comida nas casas dos camponeses e pagaríamos a hospitalidade que nos dariam no *maso*. Arrastamos os cadáveres para a gruta. Joguei o revólver descarregado sobre os corpos e os cobrimos de neve. A neve que caísse durante a noite e nos dias seguintes os sepultaria para sempre.

Rumamos mais para o alto. Íamos com os passos rápidos dos assassinos. A neve que pisávamos, sobre a qual deixávamos rastros, era pesada e grumosa. Nas mãos apertávamos os revólveres. O coração dava marteladas secas em nosso peito.

— Há outros rastros — disse Erich. — Devem ter chegado aqui em cima.

Mudamos de direção. Marchamos sem falar. Quando encontrávamos pegadas de animais ou de botas, pegávamos outro caminho. Nossas mãos estavam rachadas pela frieira.

— Onde estamos? — perguntei quando o sol desapareceu atrás da montanha.

— Ali é a fronteira suíça — disse ele.

— E o *maso*? Onde é esse *maso*? — gritei, exasperada.

— Não deve estar longe — disse Erich, perdido.

Nossas pernas já não nos sustentavam. Eu tinha certeza de que dali a algumas horas morreríamos. Quando me joguei no chão, Erich ordenou que me levantasse imediatamente e não parasse de andar por razão nenhuma.

— Se paramos, morremos congelados.

Já não havia árvores. Não havia mais nada nos cumes ao longe. Só neve.

— Olhe lá! — disse Erich, sem força para gritar. No meio da brancura havia uma construção minúscula de pedra. Aproximamo-nos. Era uma capela circular, e sobre seu teto pontiagudo destacava-se uma cruz plantada à guisa de penacho.

De dentro não chegavam vozes. Erich abriu a porta. Três homens puseram-se em pé num pulo. Gritaram alguma coisa em alemão. Um tiro.

— Não atirem! — gritei.

Levantamos as mãos, que continuavam segurando os revólveres. Eles tinham se tornado uma extensão de nosso corpo.

— Não somos soldados! Não somos nazistas nem fascistas! — gritei.

Entreolharam-se.

— São desertores? — perguntou um deles, baixando a arma.

Acenamos que sim com a cabeça. Mandaram-nos largar os revólveres. Pedimos que fizessem o mesmo. Meu rosto, mesmo parecendo de um animal bravio, os tranquilizava.

Hei de me lembrar para sempre daqueles três. O pai tinha expressão ambígua, rosto de cabra e nariz achatado, lentes grossas que faziam sua cara parecer menor. Os filhos eram pálidos e assombrados. Faziam-me pensar em Michael. Estavam fugindo dos alemães, Michael dava caça a quem fosse contra os nazistas e os mataria, se entrasse ali. Ou seria morto por eles.

Comiam pão sem sal. Estavam para acender o fogo, e Erich os ajudou. Quando a chama crepitou, a parede da capela pareceu ganhar vida, e eu, como uma covarde, agradecia a Deus só porque estava num lugar quente.

Peguei a lata de sopa e o frasco de vinho.

— Viram soldados? — perguntei, pondo tudo perto do fogo.

— Os alemães sabem que há desertores refugiados por estes lados antes da fronteira — disse o rapaz loiro, bebendo vinho. — Precisam tomar cuidado para não ultrapassar certo limite. A polícia suíça prende desertores todo dia — interveio o outro filho.

Contaram-nos que a guerra começava a ir mal para Hitler. A campanha da Rússia estava mostrando ser um desastre. Em Stalingrado os mortos se contavam aos milhares, e os porões das cidades estavam cheios de feridos entregues à própria sorte. Disseram que estavam tentando chegar a Berna, onde tinham parentes que os protegeriam. Eram de Stelvio. Os filhos tinham aproveitado uma licença para fugir, o pai não se apresentara ao recrutamento. Tal como Erich, tinha combatido nas fileiras italianas e depois não quis mais saber da guerra. A mãe tinha morrido anos antes.

— Se estivesse viva, nunca teria saído de seu povoado e teria sido presa ou talvez fuzilada pelos nazistas por nossa causa — disse o mais novo.

Eu não dizia nada. Olhava-os e tinha nojo deles, dos nazistas, de meu filho. Um nojo que se misturava ao desejo de tê-lo a meu lado para pormos juntos as mãos perto do calor da chama.

— Os alemães chegaram até aqui, não convém ficar — disse também o pai. — Para esperar o fim da guerra vocês precisam subir mais. Vão encontrar outros desertores. Há refúgios e cabanas de feno.

— Não faz mais frio do que aqui — disse o rapaz loiro para nos tranquilizar.

Ofereceram-nos um café de chicória, e aquela beberagem amarelada pareceu-me um néctar dos deuses. Deram fumo a Erich, que já não o tinha, e ele ficou tão contente com aquele cigarro amarfanhado que conservava o máximo possível a fumaça no peito. Um dos filhos esvaziou a xícara e foi com o revólver para a soleira da porta.

— Daqui a três horas revezamos — disse o irmão que ficou sentado.

De manhã, quando acordei, o rapaz loiro dormia encolhido, com a cabeça sobre meu ombro. Antes de irem embora, deixaram um pedaço daquele pão insosso. Com ramos, fizemos discos para pôr debaixo dos sapatos e andar na neve. Erich tornava os ramos elásticos trabalhando-os com a faca, e eu os amarrava com barbante, arrancando-o com os dentes do rolo. Fizemos outros iguais para eles. O pai repetiu que devíamos subir e não ter medo do frio, depois se encaminhou sem se despedir na direção oposta à nossa. Ficamos olhando, até que eles se tornaram pontos pequenos na brancura.

Continuava nevando e havíamos calçado todas as meias que tínhamos. Veio-me à mente a frase de *Ma'*, de que frio nos pés é frio em todo o corpo. Pensava com frequência em *Ma'*. Lembrava-me dela na cadeira mal empalhada a costurar e, enquanto ela costurava, eu nunca conseguia perceber o que lhe rondava a cabeça.

Quando me virei para olhar a capela com o crucifixo, a neve já se amontoara na porta. Já não se podia entrar. Pensei nos corpos dos dois alemães que eu tinha matado. Em torno de nós não havia nada, a não ser brancura e rumor de vento.

CAPÍTULO DOZE

Caminhamos horas naquele frio assassino. Assim que parou um pouco de nevar, obrigamo-nos a comer o pão. A neve entrava em nossos sapatos desbeiçados. Enquanto comíamos, Erich ficou em pé num salto, indicou dois homens ao longe. Meteu o pão no bolso e começou a correr, afobado. Gritava a plenos pulmões: "Ei, vocês aí!", tropeçava a cada passo, e cada grito seu morria naquele deserto branco. Tentei segui-lo, com aquela maldita bolsa a me vergar. Eu queria mesmo era me deixar cair. Morrer.

— Erich, pare! — gritava.

Mas ele continuava correndo, fincava a bengala no chão, e a bengala cedia, fazendo-o tropeçar.

— Não vamos alcançá-los, Erich, pare! — berrei de novo.

Então ele se aproximou de mim e me ameaçou sem fôlego:

— Precisamos seguir as pegadas, Trina, antes que a neve as apague. Aqueles homens são camponeses, saberão indicar o caminho.

As pegadas de fato levaram-nos ao *maso*. Paramos, apoiados nas bengalas, para olhar. Esperamos ajoelhados que a respiração se acalmasse. Eu sentia que minhas lágrimas se congelavam.

Quando apareceu uma mulher à porta para limpar a neve, Erich me impeliu à frente. Peguei o bilhete de padre Alfred. Tinha a impressão de que minhas pernas iam ceder, de que nunca mais mexeria os pés congelados. Cumprimentei com voz de menina que pede perdão. A mulher era gorda, tinha cabelos despenteados, parecendo espinhos. Bastou-lhe uma olhada para perceber que éramos desertores.

— Quem nos manda é padre Alfred, pároco de Curon — disse eu. Ela não respondeu.

— Fugimos da guerra. Estamos morrendo de frio — continuei, entregando-lhe o bilhete, que ela nem sequer olhou.

Gritou um nome, sem deixar de me fitar. Da porta saiu um velho apontando um fuzil. Apareceu outro homem, depois mais outro de batina. Saiu também uma mulher trazendo uma menina pela mão. Erich então se aproximou com as mãos ao alto, sem empunhar o revólver. A neve continuava caindo sobre nós. Nada é mais impiedoso que a neve caindo sobre a gente.

Dentro do *maso* estavam com a lareira acesa. Apoiados nas paredes do único aposento havia colchões esfarrapados em que dormiam todos. O piso era inclinado, e andar sobre ele me dava vertigem. Minha pele repuxava, e aqueles cinco nos observavam de um modo que intimidava. A chama emitia um calor que parecia queimar-me as faces, e, mesmo querendo segurar as lágrimas, eu sentia que era incapaz.

— Vocês são nazistas? — perguntou o homem de meia-idade.

— Não.

— São fascistas?

— Não somos fascistas.

— Não somos nazistas nem fascistas! — declarou Erich, irritado. — Não somos nada, somos só camponeses. Eu não quero mais guerrear.

— Somos amigos de padre Alfred, pároco de Curon — repeti, e finalmente o padre sorriu.

A mulher gorda entregou-lhe o bilhete, o padre o leu e nessa altura tomou nossas mãos, abraçou Erich e disse várias vezes que éramos bem-vindos. Podíamos ajudar na obtenção de comida, na arrumação do curral, ainda que já não tivessem animais. A mulher gorda os vendera numa feira, convicta de que na guerra era útil ter dinheiro.

— Ao contrário, na guerra o dinheiro não vale nada — concluiu o padre, suspirando.

— Somos amigos de povoado — disse a filha do velho. — Fugimos de Malles faz algumas semanas.

— Daremos o que temos para pagar o alojamento — interveio Erich. — Sabemos que para vocês é um sacrifício.

A mulher gorda anuiu e convidou-nos a nos aproximar. O sono me dominava, e eu queria ficar sozinha. O frio que pairava lá dentro já nem me parecia frio. As mulheres esboçaram um sorriso quando eu disse:

— Se puder ser útil, na bolsa tenho uma panela, subi até aqui com o cabo enfiado nas costas.

A mulher gorda riu, depois nos indicou a porta que dava para os fundos.

— Se chegarem soldados, vocês devem fugir por aqui. Este é o último *maso*, não procurem outras habitações. A uns poucos quilômetros daqui começa a Suíça.

— Para onde devemos fugir se eles chegarem?

— Para o leste. Desçam a encosta até encontrarem uma fileira de pinheiros. Ali há alguns feneiros.

Voltamos para a frente do fogo. O casal de meia-idade nos estudava da cabeça aos pés. A filha se chamava Maria. Era muda e durante todo o tempo ficou nos fitando com olhos de boneca de pano.

— Por esta noite só nós faremos turno. Amanhã, quando estiver descansado, você também revezará — disse o velho a Erich.

CAPÍTULO TREZE

Na manhã seguinte chovia. O padre rezava com as mãos postas, envolto em seu hábito negro, que me dava melancolia. A mãe trastejava de costas para nós. De vez em quando dizia ao filho:
— Você errou quando se tornou padre, devia ter-se casado com a Francesca.
— Casei com Deus, mamãe — respondia ele, paciente.
Tinha ombros estreitos e cabelos ralos, o padre. Um rosto sem idade. Olhos negros como o hábito que me dava melancolia.
— Os padres também podem desertar? — perguntei.
Ele me exibiu o mesmo sorriso de compaixão, depois disse que não tinha desertado, só tinha se recusado a obedecer aos nazistas.
— Hitler é um pagão. Os sacerdotes que lhe dão apoio são indignos de Cristo — disse com sua voz calma.
Contou-me que o pai de Maria saía para caçar e passava pela casa de um camponês que sempre lhes dava alguma coisa. Linguiças, queijo. Sobre quando a filha ficara muda nem os pais falavam muito. Dois primos do pai de Maria conseguiam levar-lhes um saco de fubá e ovos a cada dez dias, num ponto secreto da montanha. Disse também que nenhum deles podia voltar a Malles enquanto a guerra não acabasse.

— Vai acabar logo essa guerra? — perguntei-lhe, e ele abriu os braços sem dizer palavra.

Erich foi lá fora e se pôs a falar com o velho. Depois se ocupou na limpeza do curral, no conserto dos cochos, na substituição das tábuas apodrecidas sob o peso da neve. Perguntei à mulher gorda como podia ajudar. Então ela, com voz mansa, disse que eu devia só pensar em descansar e lhe contar um pouco de minha vida antes da guerra. Assim, contei que havia estudado para ser professora, mas os fascistas nunca me deixaram lecionar, que também tinha sido camponesa e no fim, uma noite, fugira para as montanhas porque meu marido tinha decidido desertar.

— De tanto ir atrás dos homens, a gente vai acabar morrendo — comentou, levantando o queixo para indicar o filho, que rezava de novo.

Lá fora o céu estava claro, e uma luz opaca se refletia na neve. O branco não dava espaço para mais nada. A mulher gorda mexia a polenta e, na minha panela, refogava uma cebola. Fiquei contente por ela estar usando minha panela.

— Na semana passada voltaram com uma camurça; de outra vez, com um faisão. Comemos carne até na sexta-feira — disse, satisfeita. — Tomara que encontrem mais, eu gosto tanto de carne.

— Precisamos comer a carne depressa porque os animais sentem o cheiro — acrescentou o padre. — Montamos guarda à noite, mais por causa deles do que por causa dos alemães. Contra os alemães não poderemos fazer nada.

— Será que eles vêm até aqui? — perguntei.

Ele abriu os braços de novo, e a mãe me olhou como para se desculpar:

— Não adianta fazer perguntas aos padres, eles só abrem os braços — resmungou. — Mesmo quando era criança, ele sempre abria os braços. Roubavam os brinquedos dele, davam-lhe uma sova, e ele, em vez de reagir, abria os braços.

Comíamos todos juntos em torno de uma velha mesa que o padre arrumava com cuidado. Não se podia nem olhar para o prato antes de rezar. "Senhor, abençoai o alimento que agora ingerimos e dai-o a todas as famílias do mundo", era sua prece. Depois de comermos, o velho se retirava para lustrar o fuzil e repetia que com aquela arma tinha matado dezenas de italianos na Primeira Guerra.

"Enquanto eu tiver este fuzil, quer dizer que sou austríaco", dizia sempre.

Erich e o pai de Maria saíam para fumar e olhavam o céu tornar-se carmim, depois escuro. Erich se sentia bem, em silêncio com ele. Nós outros ficávamos bebendo um copo de água quente que a mulher gorda nos obrigava a engolir porque, segundo ela, evitava congestões. Imaginávamos o fim da guerra. Eu dizia que não via a hora de começar a lecionar, e a mãe de Maria me encorajava, repetindo que eu devia ser uma boa professora. O padre não tinha sonhos, bastava-lhe voltar à sua igreja e de novo rezar missa. Quando falávamos de nossas esperanças, ele sorria com aquele seu sorriso discreto, e então eu sentia vontade de lhe falar de você. Até a mulher gorda tinha um sonho. Queria tornar-se avó e ter a casa cheia de netos.

Assim nos deixávamos dominar a tal ponto pelas fantasias que nesse ínterim esvaziávamos a xícara e ficávamos a segurá-la fria, fingindo que ainda havia água. Quando os homens entravam, caía um silêncio que nos punha de novo com os pés no chão; então nos entreolhávamos embaraçados, como se tivéssemos pecado por sonhar durante tanto tempo.

Erich e o pai de Maria saíam de manhã cedinho e iam procurar as casas dos camponeses, para verem se podiam dar alguma ajuda. Recolhiam o feno em lonas, carregavam os fardos nas costas e os transportavam para os currais. Conseguiam nacos de *speck*, pedaços de queijo, alguns litros de leite, que era minha felicidade e de Maria. Se não nevasse, iam caçar. Às vezes encontravam, tangendo vacas, alguns pastores que à noite dormiam no feno; na maioria das vezes, outros desertores. Se conseguissem vencer a desconfiança, recebiam notícias que depois nos contavam, à mesa. Assim que partiam, o velho empunhava o fuzil e punha-se ereto na soleira da porta, para montar sentinela. Fazia cara de malvado. O velho nunca se sentava à mesa conosco; ficava em pé com o prato de estanho apertado na mão.

Também não rezava. Comia depressa e depois dizia que ia olhar o céu para decifrar o tempo. Permanecia horas a escrutar o céu, paciente como um astrônomo.

Eu ajudava a cozinhar só quando voltavam com carne. Se não, a mulher gorda preferia que ninguém se metesse na cozinha. Quando viam os homens chegar com alguma caça, um só ficava de guarda, e até o padre, depois de abençoar a carne, punha-se a arrancar-lhe o couro. Depois prendíamos tábuas no chão e a deixávamos secar durante todo o dia. De cortar a carne quem cuidava éramos nós, mulheres. Quando salgava a carne, eu me lembrava de casa e me perguntava se os alemães a teriam incendiado ou dado a outros.

Maria nos olhava com seus olhos ausentes e nunca movia uma palha. Tinha cabelos loiro-acinzentados, mãos longas e finas. Era idêntica à mãe, que ficava sempre em casa com o velho e me olhava de um modo que me intimidava.

Todo dia eu abria a porta com a esperança de ver a neve derretida. Queria tocar a relva verde, as rochas prateadas, a terra pedregosa. No entanto, mesmo quando a primavera chegou, eu só encontrava aquela brancura cândida que me frustrava. Ouvia o ruído da neve caindo dos abetos e depois voltava para dentro. Perguntava ao padre que dia era, e ele me respondia paciente com um nome de santo. Dizia que orar era o melhor jeito de esperar o fim da guerra. Por isso, punha-me de joelhos com ele e o ouvia repetir dezenas de vezes a mesma prece.

Uma noite, debaixo da bolsa que eu usava como travesseiro, ele colocou um diário e um lápis. Acho que aquele diário foi minha salvação contra o tempo imóvel da guerra. Eu enchia as folhas de cartas. No começo as escrevia a Maja; eram longas páginas de recordações daqueles anos às margens do Resia, preparando o exame, ou do tempo em que às quartas-feiras comíamos as colheradas de *panna* de *Ma'*. Depois comecei a escrever para Barbara e no fim de cada carta eu lhe perguntava se sua irmã lhe entregara meu bilhete; despedia-me jurando que nunca tinha esquecido do tempo em que ficávamos deitadas na relva ou sentadas entre os galhos, como se fôssemos andorinhões. Perguntava a Erich se ele me ajudava a expedi-las, mas ele ria e dizia que não havia como expedir cartas, porque estávamos no cocuruto de uma montanha.

No período em que ficamos no *maso*, Erich deixou de ter faces cadavéricas e finalmente cortou toda aquela barba híspida na frente de um pedaço de espelho pendurado na parede. Ele gostava de passar o tempo com o pai de Maria, de ir caçar com ele e de sofrer para substituir as tábuas podres do curral. O padre e a mulher gorda diziam que com uma pessoa como Erich eles saíam ganhando e, quando lhes dávamos o dinheiro para pagar a hospedagem, devolviam uma parte. Nas vezes em que Erich e o pai de Maria não encontravam nada, voltavam mastigando pedaços de fumo, e naquele jantar, mesmo que só bebêssemos a xícara de água quente ou comêssemos um mingau de erva cozida, eu estava contente por ele ter um amigo.

Quando o verão chegou, descíamos até o regato e voltávamos com uns peixinhos bobos, que depois a mulher gorda e eu púnhamos na grelha. Eu os comia prendendo a respiração para não sentir o ranço que me deixavam na boca.

O padre, depois das orações da manhã, tentava fazer Maria rezar também. Uma vez me pôs ao lado deles e, enquanto ele orava, eu meditava na sorte de acreditar que o desastre da guerra e a proximidade constante da morte fazem parte das intenções de Deus. Para mim só demonstravam que para Deus era melhor não existir. Tantas vezes estive a ponto de falar sobre você ao padre, dizer como você era linda e soberba, contar-lhe a noite em que você fugiu. Mas era contida pelo pensamento de que ele me responderia "Deus dá grandes dores só a quem as pode suportar", como certa vez o ouvira dizer.

Depois das orações, eu perguntava a Maria se queria se sentar comigo na frente do *maso*. Então seus pais se aproximavam e lhe acariciavam o rosto, repetindo suplicantes "vá com Trina", como se ela tivesse de partir para uma longa viagem. Quando ficávamos sozinhas, eu apontava os pedregais brancos juncados de pinheiros, as nesgas de terra escura que iam se mostrando à medida que a neve derretia, as gargantas solitárias, as matas de bétulas, os passarinhos volteando com as asas abertas, pouco ligando para bombas e soldados. Comigo Maria não tinha olhos ausentes, mas infantis e alegres. Apontava para tudo o que via. Uma águia atravessando uma nuvem, o regato com seixos. Gostava de ouvir a neve crepitar sob os sapatos. Respondia sim e não com a cabeça e deixava-me afagar seus cabelos loiro-acinzentados que a mãe, agora que o sol estava de volta, lavava com zelo. Eu passava com ela aqueles dias infinitos, aos quais era difícil dar algum sentido, e vez por outra me ocorria chamá-la Màrica. Quando, porém, chovia, ficávamos no *maso*, e Maria desenhava em meu diário. Desenhava cavalos com crinas abundantes, cães de pelo comprido.

— Você desenha porque não sabe escrever? — perguntei.

Então lhe tomei a mão e a guiei para compor seu nome. Maria começava a rir ao ver as letras se formar.

— Agora se lembra?

Ela fazia sim com a cabeça, cheia de espanto, e, empolgada, pegava minha mão, pedindo que continuasse a escrever. Eu apontava para os pinheiros, as nuvens, o Sol, e depois a fazia escrever aquelas palavras numa folha. Ao lado, ela fazia um desenho daquilo, e em poucos dias criamos um pequeno abecedário, que Maria mostrava orgulhosa aos pais e ao avô.

Quando eu lhe dizia que estava cansada, ela ia até a neve, ajoelhava-se no chão e depois se levantava, observando satisfeita suas incisões na brancura. Eu ficava a olhá-la de dentro da casa e, não sei por quê, tinha vontade de chorar.

À noite, deitada na cama de folhas, não queria pegar no sono porque sentia que sonharia com você. Em vez disso, quase sempre eu sonhava com o rapaz loiro que tinha adormecido sobre meu ombro; ele vinha me acordar, gritando: "Trina, a guerra acabou!"

Às vezes eu dizia a Erich:

— Vamos passar a vida toda aqui, até que um dia, sem mais nem menos, um alemão ou um italiano virá e atirará em nós pelas costas.

Erich então respirava fundo e, mais brusco que de costume, enfiava as mãos no fundo dos bolsos, mudando de assunto:

— Amanhã vou à casa de um camponês pegar queijo, depois podemos andar nós dois sozinhos.

Mas nunca andávamos sozinhos, porque ele se punha a falar com o padre, e eu gostava de ter Maria ao lado. E gostaria que conosco também fosse andar a mulher gorda, que sempre me dava ânimo.

— Olhe só, hoje também não morremos! — exclamava, rindo, quando eu era tomada pela nostalgia.

CAPÍTULO QUATORZE

As represálias dos alemães se intensificaram em fins de 1944. As poucas notícias que nos chegavam eram de propriedades incendiadas, desertores deportados, familiares de renitentes presos. Por isso, os homens decidiram pôr nos turnos de guarda dois de cada vez. Erich e o padre, o velho e o pai de Maria.

Foram eles dois que os viram chegar. Foi num dia de janeiro de 1945. Um grupo de cinco soldados encapotados, com botas para neve. O sol tinha saído pouco antes, e nós já estávamos de pé porque a mulher gorda dizia que precisávamos aproveitar as poucas horas de luz e nos acordava batendo palmas. O padre era o único que se levantava antes dela. Dormia menos que todos, e em mais de um ano nunca o vi nem uma vez na cama. Adormecia por último e, quando eu abria os olhos, ele já estava de batina.

A mulher gorda estava esquentando uma sobra de café de cevada, o padre estava na frente da lareira, atiçando o fogo. De repente, o velho escancarou a porta:

— Os alemães, os alemães! — gritou com voz esganiçada.

A mulher gorda deixou cair a caçarolinha.

— Eles viram você?

— Não me viram, mas vão estar aqui em minutos!

— Os biscoitos e as bolachas estão no saco pendurado à porta! — gritou ela, empurrando-nos para fora, pela porta dos fundos. — Saiam todos, depressa! Vão para o leste, depois das fileiras de pinheiros estão os feneiros.

— E você? — perguntou-lhe o padre.

— Depois vou lá também.

O velho andava sem se cansar naquela neve granulosa e nos organizou em dois grupos. Adiantou o seu — com Maria e os pais — e insistiu que não deveríamos nos perder de vista e estar prontos para atirar. De vez em quando Erich se virava para verificar se os soldados não nos estavam seguindo e trocava sinais com o pai de Maria. Depois de poucos passos eu já sentia as pernas pesadas. Pensava naqueles animais maltratando a mulher gorda, ou talvez já a tivessem matado. E pensar nisso me dava vontade de atirar de novo.

A certa altura, o padre estacou e pediu que parássemos para rezar. O velho respondeu-lhe que não dissesse idiotices. Então o padre se aproximou de mim e disse que conhecia aquelas montanhas como a palma da mão, porque quando era pequeno subia até ali com o pai e a irmã.

— Será que sua mãe vem?

— Se não lhe fizerem nada, vem. Ficou pesada, mas ainda tem pernas fortes.

Quando chegamos ao feneiro, o velho nos mandou dizer bem claro, em voz alta, "paz", para sermos ouvidos por quem estivesse lá dentro. Erich mostrou-me pegadas de botas no chão. Os alemães tinham passado por lá também. O feneiro de fato estava vazio: teto destroçado em um ponto, porta arrombada. No chão, havia dois catres de folhas apodrecidas e feno espalhado.

— Começaram a varrer do alto — disse o pai de Maria.

— Se nos encontrarem, nos matam.

— Não vão nos encontrar — respondeu o velho, fazendo-o calar-se.

— A esta hora já devem estar no vale.

Entramos no feneiro um por vez. Apertamo-nos como coelhos, e o pai de Maria mantinha as mãos da filha dentro das suas. Ficamos em silêncio. Quando anoiteceu, o padre pediu de novo que rezássemos, e nós o atendemos. Repetimos sem vontade as suas palavras. Maria me olhava com seus olhos vãos.

A mulher gorda chegou pela manhã. Com passo lento e um sorriso esperto nos lábios rachados de frio. Os pensamentos de morte, que não nos tinham deixado descansar, embora estivéssemos exaustos, desapareceram por um momento.

— Deus a trouxe até aqui! — exclamou o padre, correndo ao encontro dela.

— Que Deus, que nada! Foram estas velhas pernas! — disse ela, gargalhando.

Também corremos para abraçá-la, e ela pôs em nossos braços as poucas coisas que tinha conseguido trazer consigo. Um maço de verduras para cozinhar, um pedaço de toucinho, um saquinho de fubá e um frasco de vinho.

— Não se iludam. Isso vai dar só para hoje, no máximo para amanhã.

Entrou no feneiro e, mesmo diante de toda aquela penúria, não parecia abatida. Disse que de frio certamente não morreríamos. Eu a olhava e me esforçava para sorrir. Invejava aquela sua determinação mais do que a fé do padre.

— Os alemães estavam à sua procura — disse ao filho, em tom de censura. — Se tivesse se casado com Francesca, essas coisas não estariam acontecendo.

— Casei com Deus, mamãe — repetiu o padre.

— Verificaram se eu não escondia desertores. Vasculharam as gavetas e os armários — disse também, tomou um gole de vinho do frasco e depois o fez passar de mão em mão. — Mas não acreditaram... — concluiu, desconsolada. — Quando viram aqueles colchões encostados na parede, juraram que voltariam.

Ficamos a olhar um para o outro sem falar, e ela, para expulsar aquele pensamento, cortou um pedaço de toucinho para cada um:

— Antes de darem o fora, revistaram o bufê e surrupiaram o pouco que havia. Por sorte não perceberam os sacos de fubá. Amanhã um de vocês vai lá pegá-los e dizer se podemos voltar — concluiu, mastigando o toucinho.

— Você acha que eles voltam? — perguntou-lhe Erich.

— Espero que explodam! — respondeu.

Perto da mulher gorda eu pensava menos no medo. Talvez, de tanto ficar perto dela, eu um dia me tornasse daquele jeito. Maternal com os estranhos, desprendida de minhas coisas, mesmo que fossem a casa, a comida, o calor da lareira.

Depois de comer o toucinho, Erich e o pai de Maria foram cortar lenha, e o velho se pôs de novo ereto junto à porta. Agarrou o fuzil e manteve-o apontado para a descida de onde tínhamos chegado na noite anterior.

O fogo se mantinha vivo a duras penas, porque os galhos que eles conseguiram recuperar estavam úmidos da geada. No feneiro erguiam-se ondas de fumaça que nos faziam tossir.

Assim que raiou o dia, o velho partiu sozinho para o *maso*.

— Vou com você — disse-lhe o pai de Maria, com seu olhar opaco.

— Fique aqui. Não faz sentido morrerem dois de uma vez.

Quando voltou, já era noite. No escuro, nós o ouvimos repetir "paz", depois a porta desconjuntada se abriu. Ele entrou com seu passo pesado e, sem falar, foi sentar-se perto da neta, apoiou o fuzil no chão e esfregou as mãos sobre a chama.

— O *maso* e o curral já não existem. Aqueles desgraçados queimaram tudo.

CAPÍTULO QUINZE

Vivemos acampados no feneiro quase três meses. Maria estava constantemente com febre, e eu sonhava que a encontrava morta sobre a palha deteriorada. Magros, esqueléticos, com faces encovadas. A isso estávamos reduzidos. O único aspecto positivo era que a prostração deixava menos espaço para o medo. Comíamos umas bagas de zimbro, capim cozido, pouco mais que isso. Foram muitos os dias de jejum. Os primos conseguiam nos levar fubá em quantidade cada vez menor. Dava para uma concha de polenta por pessoa no almoço e no jantar, depois ficávamos de novo à mercê daquilo que os homens conseguissem arranjar. Aliás, camponeses dispostos a vender um pedaço de carne ou de queijo era coisa que já não se encontrava. Quem tinha escapado das represálias não permitia a aproximação de ninguém, e, mesmo que lhes pusessem um maço de notas diante dos olhos, eles diziam que uma galinha velha valia mais.

No fim de abril, o pai de Maria foi com Erich ao encontro dos primos. Morrer por morrer, era melhor um tiro na cabeça do que ser roído pela fome ou dilacerado pelos lobos. Não conseguíamos continuar vivendo sem uma contagem regressiva, um fiapo de tempo a que pudéssemos nos agarrar para resistir mais um pouco lá em cima. Dia após dia o restante do mundo se apagava de nossa memória.

Daquela vez, além do fubá, deram-lhes açúcar e uma garrafinha de cidra. Melhor que isso, disseram que a guerra estava nos estertores.

— Os americanos estão libertando toda a Europa. Hitler está para cair, é questão de pouco tempo, talvez pouquíssimo! — anunciaram. — Aguentem firme, da próxima vez vão poder ir conosco!

Vimos Erich e o pai de Maria chegar revezando-se na garrafinha. Riam debaixo da barba híspida. Na cabana, todos nos abraçamos, e o velho ergueu o fuzil no ar. Depois, a mulher gorda pôs água para ferver e disse que queria fazer polenta doce para festejar.

— Vai dar uma boa colherada por pessoa! — exclamou, entusiasmada, pesando o saco nas mãos.

— Ajudo? — perguntei.

— Você vai dar uma voltinha com Maria, que faz bem — respondeu.

A menina estava junto à porta, olhando-me como um cãozinho. Rumamos para os pinheiros. Atrás de nós vinham Erich e o padre, também entregues a imaginar a volta para casa. Maria estava bonita, com um cachecol que eu lhe dera de presente. Quando a olhava, eu achava que talvez você fosse parecida com ela.

Não se podia variar o percurso dos passeios, porque esse era o combinado. Pelo menos, em caso de um de nós não voltar, os outros saberiam onde procurar. Quando nós quatro chegamos ao riacho de costume, recolhemos, como sempre, folhas frescas para ter enxergas novas debaixo dos costados. Maria queria me desafiar a brincar de cavaleiros, usando galhos como espadas. Eu tinha me transformado em sua companheira de brincadeiras. Naquela manhã demos um passeio mais longo que de costume. Voltamos com o sol já alto. Como sempre, estávamos com fome, e Maria apertava a bochecha com o indicador* quando pensava na polenta com açúcar.

Na cabana, o corpo da mulher gorda parecia o de uma menina sem preocupações. Ela estava deitada nas tábuas do chão, que com o baque se tinham quebrado. O sangue ainda escoava lento da nuca. Formava estranhos desenhos no chão. O velho, crivado de balas, apertava o fuzil,

---

* Gesto usual na Itália para indicar que uma comida é saborosa. [N.T.]

e a mão da filha repousava sobre seu peito. O pai de Maria tinha morrido dormindo, deitado sobre folhas velhas que teríamos substituído por aquelas que havíamos colhido. Seu cobertor estava empapado de sangue.

À noite o padre rezou missa, e eu me afastei para não ouvir. Enquanto ele falava, montei guarda com o revólver do lado de fora da porta. Senti de novo o cheiro do sangue. Vontade de matar.

Revezamo-nos para abrir a cova. Ficaram deitados um sobre o outro, porque nos faltavam forças para abrir quatro. Nas noites seguintes, o padre também empunhou o fuzil e deixou de rezar ajoelhado. Acho que ele também sentia cheiro de sangue. Maria dormia ao meu lado. Eu lhe contava histórias sobre gaivotas e sobre o mar, que eu nunca tinha visto. Implorava-lhe que engolisse algumas colheradas de polenta doce que a mulher gorda cozinhara, mas ela recusava, obstinada.

Ficamos sem falar. Sem falar absolutamente, até Erich voltar ao lugar secreto onde os primos entregavam os mantimentos. Naquele dia de maio, disseram-lhe que podíamos descer. A guerra tinha acabado.

TERCEIRA PARTE
A ÁGUA

CAPÍTULO UM

Apertando a mão de Maria e pisando firme no chão, aquele chão que a cada passo se tornava mais verde e dourado de sol, descemos das montanhas. Deixávamos para trás o frio, a neve que lá em cima ainda caía, os amigos na cova. Erich ia à nossa frente, e o padre levava a tiracolo o fuzil do velho. Já não lhe causava repugnância. Numa das últimas noites eu o ouvira agitar-se no sono. Sua paz se acabara, tal como a de todos.

Chegando ao vale de onde partiam os caminhos, o padre parou e disse:
— Nós vamos por ali. Prosseguimos para Malles.

Maria soltou seus dedos finos de minha mão e me olhou uma última vez com seus olhos parvos.

— Ela fica comigo. Vai manter a igreja em ordem, tocar os sinos. Vou cuidar dela — disse.

Ficamos a vê-los desaparecer na densidão das árvores. Uma luz estranha passava entre as folhas.

Descemos em silêncio, Erich e eu, sozinhos como quando tínhamos subido. Segurei sua mão até quando Curon despontou. No fim do bosque olhamos ao redor, circunspectos, sem sabermos se devíamos pôr os revólveres no bolso ou continuar com o dedo no gatilho. As nuvens tinham se dissipado, e o céu era uma monótona extensão de azul intenso e de luz festiva. As pessoas se espalhavam pelas ruas, como se a guerra tivesse sido um pesadelo dissolvido pela luz do dia. Eu tinha a impressão de sentir cheiro de pão quente.

Quando vi nossa casa, as pernas se puseram a correr. Queria logo escancarar as janelas para deixar entrar nos aposentos o ar que já não era ar de guerra. Junto à porta me voltei para olhar a cidadezinha. Os animais estavam no meio do vale e, nos limites do bosque, as carroças de quem transportava feno novo eram as mesmas de sempre. Erich me fitava com olhos vermelhos de cansaço. Sua barba estava branca e espinhosa.

Escarranchado na cadeira, com o cigarro apagado entre os dedos. Foi assim que encontramos Michael. Parecia estar ali esperando a morte. Sobre a mesa havia porções de fumo e uma foto do *führer* rasgada e amassada.

— Tenho de ir embora? — perguntou sem olhar para nós.

— Jogue fora essa foto — ordenou Erich.

Michael entregou-me a foto e finalmente ergueu a cabeça.

— Morreu — disse, indicando Hitler.

Estava com a pele ressecada, e os ombros, caídos. Sua roupa tinha cheiro de nafta.

— Não consegui vir para indicar o caminho a vocês, fui obrigado a partir à noite.

— Agora vá trocar de roupa — disse-lhe eu.

Erich já dormia, sem sequer desvestir a roupa imunda. Dormi dois dias seguidos. Varri as teias empoeiradas que se dependuravam nos cantos das paredes, as moscas mortas coladas à vidraça e saí para comprar pão e leite fiado. Tinha muita vontade de tomar leite quente. Fui ao *maso* de Florian e ao de Ludwig perguntar se eles estavam vivos, se estavam vivos os animais que tínhamos deixado com eles. E, milagrosamente, estava tudo lá.

Arrastei as vacas e as ovelhas até a fonte, depois as levei para o curral. Enxotei os ratos a vassouradas, saí para arranjar alguns sacos de feno. Pelas ruas andavam os mutilados. Sem perna, sem braço, com um olho ferido. Tinham rostos irreconhecíveis. Apoiavam-se às muletas e me obrigavam a virar o rosto para o outro lado, por vergonha de ter escapado. Eles debaixo das bombas, atrás das metralhadoras, Erich e eu diante da lareira da mulher gorda. Havia também quem festejasse bebendo cerveja na rua. Quem falasse em dar uma surra naqueles poucos que em

1939 tinham ido para o Reich e agora, de cabeça baixa e sem cidadania, voltavam para Curon. E havia quem, na taverna, amaldiçoasse o fato de termos continuado italianos. O império austríaco já não existia. O nazismo não nos salvara. E, embora o fascismo tivesse acabado, nunca mais seríamos os de antes.

Eu tinha vontade de ir abraçar Maja e, ao mesmo tempo, de ficar escondida, porque já não era a Trina que ela conhecia. Tinha comido gelo para matar a sede. Atirado pelas costas. Reuni forças e enveredei por aquele caminho de pedrinhas e cascalho que coleava por entre a relva eriçada. No *maso*, bati à porta.

— Foi embora no ano passado — disse a mãe, sem me reconhecer.
— Leciona na Baviera.

Eu queria lhe enviar as cartas que escrevera na montanha, mas afinal as guardei. Certas noites as relia, como fiz com seu caderno; depois, numa noite em que não conseguia pegar no sono, rasguei-as com as cartas de Barbara. As palavras não tinham poder nenhum contra os muros que o silêncio erguera. Falavam apenas do que já não existia. Melhor que não restassem vestígios.

Retomamos nossa vida de sempre, que era uma vida dura. Tínhamos só meia dúzia de ovelhas e três vacas. Quem nos sustentava era Michael, que reabriu a oficina de *Pa'*. Nossa salvação foi a destruição trazida pela guerra. Todos precisavam de mesas, cadeiras, móveis, bancos. Erich passava por lá para ajudá-lo; por isso, quem carpia a horta e levava os animais ao pasto, naquele verão de 1945, era eu de novo. Vi-me outra vez sozinha nos campos a comer pão e queijo. Olhava os vales desmesurados, as vacas preguiçosas pastando a relva penteada pelo vento. Sentia-me entorpecida, como se ainda estivesse com neve pelos calcanhares. Como se ainda dormisse sobre folhas podres. Pelas pastagens vagava um velho cão de pelo vermelho, que me lambia as mãos e se deitava ao meu lado. Eu o acariciava, de vez em quando lhe atirava algum pedaço do que estava comendo. Ele girava em torno das vacas, e as vacas lhe obedeciam. Dei-lhe o nome de Fleck e decidi levá-lo comigo, pois me faria bem um pouco de companhia.

Uma manhã, vi você entre as árvores. Ainda menina. Deixei os animais por conta do cão e a segui. Eu a chamava, mas você continuava andando devagar, com as costas eretas. Vestia apenas uma blusinha de lã e estava descalça. Eu acelerava, seguindo, corria a ponto de perder o fôlego, gritando seu nome. Minha voz estridente perdia-se entre o farfalhar dos lariços. A distância entre nós continuava sempre a mesma, embora você andasse lentamente. Corri até que, sem fôlego e com as pernas bambas, me apoiei a uma árvore, que me pus a esmurrar, gritando que era sua a culpa de nossa miséria, do nazismo de Michael, dos tiros que eu tinha dado nos alemães. Sua e só sua era a culpa. Culpa de tudo. E fui embora, jurando que em casa jogaria fora os seus brinquedos. A boneca de madeira que *Pa'* tinha feito eu jogaria na estufa.

CAPÍTULO DOIS

Aos domingos Erich ia à missa. Às vezes eu o acompanhava e nos sentávamos no banco do fundo, onde anos antes eu ficava com Maja e Barbara. Um dia ele me disse:

— Monte aí na bicicleta — e pedalou até o canteiro de obras.

Fleck nos seguia e, quando chegamos, ficou a nos olhar com a língua de fora. Dava para ouvir os bútios, o regato, o ladrar dos cães. A luz do sol impregnava tudo, exceto a sombra esguia das árvores. Erich começou a fumar e, com olhar aguçado, observava a barragem artificial, as escavações abandonadas, um ou outro barracão velho com madeiras quebradas, onde outrora os trabalhadores se apinhavam.

— Talvez os outros tivessem razão, não podiam fazer a represa — disse eu.

— Tivemos sorte, Trina.

Olhamo-nos respirando profundamente, e Erich não sabia se me abraçava em meio àquela sucata ou se ficava fechado em sua desconfiança.

— Quando levarem tudo embora — disse, apontando os guindastes e os montes de terra —, quando aterrarem os buracos, e a relva voltar a crescer, então poderemos esquecer tudo isso de fato.

Dia após dia chegavam à oficina de Michael encomendas de móveis e, com preços baixos, os pagamentos não atrasavam muito. Eu finalmente começara a lecionar — agora em Tirol do Sul havia duas escolas, uma italiana e uma alemã —, e o salário de professora, somado aos ganhos da marcenaria, permitia-nos viver mais decentemente. Erich dizia:

— Assim que guardarmos algum dinheiro, compro mais vacas, ponho para cobrir e vamos ter os currais cheios de novilhos. Mandamos os animais de novo para as pastagens das montanhas e nas feiras os vendemos por bom preço.

Nós também, como todos, estávamos exauridos pela guerra e, ao mesmo tempo, cheios de vontade de renascer. Nos dias em que nos sentíamos mais fortes gostávamos de nos imaginar em casa, ouvindo a chuva tamborilar no teto enquanto, aquecidos, ficaríamos a nos contar histórias diante da estufa de maiólica. Sem mais apreensões.

Michael e Erich tinham o cuidado de conter as palavras. Michael continuava a sentir saudade do *führer* e naqueles anos ajudou diversos dirigentes a conseguir passaportes falsos para se exilarem na América do Sul. Erich o acolhera de novo em casa sem criar problemas, comiam e trabaĩhavam juntos, mas nunca voltou a amá-lo. A vida era uma questão de ideias, antes que de afetos.

Certa noite Michael trouxe para casa uma moça de Glorenza. Tinham-se conhecido porque o pai dela mandara umas cadeiras para consertar. Disseram que queriam se casar. Ela ajudaria na gestão da contabilidade da marcenaria, como eu fizera na juventude. Era uma moça de modos polidos, sempre pedia desculpas antes de falar e começava todas as frases dizendo "na minha opinião". Chamava-se Giovanna.

— Gostaríamos de morar no *maso* dos avós — disse Michael.

— Você precisa pedir a *Ma'* — respondi com pressa.

Eu ainda não tinha conseguido saber se ela estava bem e se continuava morando em Sondrio com Peppi. Michael assentiu com a cabeça e em tom resoluto disse:

— Vou procurá-la. Quero que a vovó venha ao casamento.

Eu achava que estava dizendo aquilo só por dizer, mas um dia ele foi de fato a Sondrio e levou-me consigo. Paramos numa taverna para comer e me tratou como uma rainha. Servia-me vinho e, se lhe dissesse que estava tonta, ria e me servia mais vinho. Parecia-me irreal estar ali com Michael, naquela mesa encostada à parede de uma taverna desconhecida, sob a luz sombria de uma lâmpada que esmaecia sobre nossos corpos. Eu ficava olhando seu rosto, os olhos úmidos e grandes que pareciam os de um garoto emburrado. Falávamos de como era boa a carne, de como era bonito o lugar, mas, além disso, não sabíamos o que conversar. Talvez porque, depois da guerra, junto aos mortos é preciso sepultar tudo o que se viu e o que se fez, fugir correndo, antes que nós mesmos nos transformemos em destroços. Antes que os fantasmas se tornem nossa última batalha. Eu estava contente com aquele nosso falar de nada. Aliás, mesmo que Michael tivesse sido o mais cruel assassino, eu não saberia fazer nada além de sentar-me à mesa com ele e continuar comendo à sua frente. Confessar-lhe que eu também tinha matado.

— Você não me perdoou, não é? — disse ele, afastando o prato. — Sei que você não vai acreditar, mas eu de fato teria ido indicar o caminho.

E, embaraçado, espalhava a fatia de torta no prato.

Eu não tinha certeza de que ele estava sendo sincero, mas a verdade já não me importava. Aliás, era a última coisa que me importava.

— Eu tinha medo que lhe fizessem mal quando descobrissem que tínhamos fugido — disse-lhe.

— Só não fizeram porque eu era voluntário.

Quando saímos, a taverna já estava vazia. Enquanto o carro corria veloz, Michael me perguntou se me lembrava de quando ele era pequeno e colhia gencianas para mim, fazendo buquês que eu nunca sabia onde pôr. Enquanto isso, ia indicando onde eram os postos de bloqueio dos alemães e dizendo quantos soldados armados de metralhadora circulavam por lá até pouco antes. Contou-me também dos *partisans* que ele tinha capturado nos bosques dos vales de Comacchio e dos seus companheiros de armas que os *partisans* tinham matado diante de seus olhos.

— Não quiseram nem devolver os corpos dos amigos — disse, rangendo os dentes.

A praça Garibaldi, em Sondrio, estava movimentada. Ali também as pessoas tinham jeito de quem já não está pensando na guerra. *Pa'*, se estivesse vivo, teria finalmente sentido ar de paz. Percorríamos as lojas. Michael abria as portas de vidro, punha a cara para dentro e me deixava falar; e eu, em italiano, perguntava: "Sabe onde mora a família Ponte?". Mas em Sondrio os Ponte eram infinitos, e assim giramos horas.

— Talvez a gente não os encontre porque morreram — disse eu, segurando o braço dele.

— Você ficou como meu pai, só vê o lado sombrio das coisas — respondeu-me amolado, olhando para a frente.

Quando paramos de procurar já estava escuro. Michael disse que não daria tempo de voltar a Curon. Levou-me a um restaurante, mas só tomou uma xícara de leite. Falamos com o proprietário e lhe expliquei que não era possível em todo o comércio da cidade ninguém conhecer esses Ponte.

— Como se chama a mulher de seu irmão? — perguntou-me.

— Irene — respondi.

Ele enrugou a testa, repetiu baixinho aquele nome, depois, de repente, bateu a mão no balcão e disse que tinha entendido.

— Os Ponte que estão procurando foram para a Suíça. Conheço bem a família, fugiram para Lugano em '44. Acho que não voltam.

O proprietário nos ofereceu um quarto, Michael e eu não tínhamos nem pijama. Fiquei sem jeito por ter de dormir na mesma cama que ele. Quando nos deitamos, achei que ele me falaria daquela Giovanna com quem queria se casar, e eu só a vira sozinha uma vez, de relance, mas, assim que apagou a luz, ele caiu num sono de pedra.

Partimos ao amanhecer. Quando chegamos a Lugano, o céu de chumbo se refletia na água plana do lago. Na prefeitura disseram onde eles moravam. *Ma'*, sua prima Teresa, Irene, Peppi e um menino novíssimo estavam apinhados numa casa da periferia. Casa minúscula, cheia de rachaduras oblíquas na fachada. *Ma'* abraçou Michael e lhe disse com uma risadinha:

— Eu achava que tivessem matado você.

Cumprimentou-me como se nos tivéssemos visto no dia anterior, mal me acariciando o rosto. Peppi era o pai mais desajeitado do mundo e, quando dava comida ao menino, este infalivelmente lhe cuspia a papa de volta.

Tomamos café — café de verdade, não de cevada, não de chicória — e, depois que Michael anunciou seu casamento, *Ma'* me chamou à parte e disse:

— Trina, eu vou ficar aqui. Seu irmão precisa de ajuda, minha prima é sozinha e aqui há paz. Vocês também farão bem em sair de Curon.

Da vida nas cabanas, de Erich que havia desertado, de mim que tinha atirado em alemães ela não perguntou nada. Tinha ficado velha, estava com os olhos descoloridos e o rosto enrugado como uma folha seca. Mesmo assim, ainda tinha garra, ainda lutava para não permitir que seus dias fossem roubados por pensamentos em demasia.

"São como tenazes os pensamentos, não ligue para eles", dizia quando lavávamos roupa no rio ou em certas noites em que ficávamos remendando até tarde.

Curon e o *maso* eram, sim, sua vida, e mesmo assim *Ma'* sabia se desprender das recordações e até das raízes um segundo antes que elas a tornassem prisioneira. Nunca se perdia, como os velhos, em histórias de outros tempos e, mesmo quando falava de *Pa'*, o que fazia não era tanto recordar certos momentos; mais parecia recriminá-lo por ter ido embora sorrateiramente, lavando-se as mãos e deixando-a sozinha para continuar a viver. De fato era uma mulher livre, *Ma'*.

Ao casamento vieram alguns amigos de Michael, as primas de Giovanna, um pouco de gente da vizinhança. Erich falou durante todo o almoço com o pai de Giovanna. Este dizia que Michael era teimoso, mas tinha um grande coração. Comemos na taverna de Karl, que cozeu um carneiro capão e desenfrascou velhas garrafas. As primas de Giovanna dançaram e obrigaram *Ma'* a também fazer um giro de valsa, *Ma'* que tinha os olhos marejados, feliz que estava por entregar seu *maso* aos noivos.

— Se não ficasse para vocês, ficaria para os ratos — disse, segurando as mãos deles.

Das janelas da taverna via-se Curon, que nunca me parecera tão bonita. Erich e eu estávamos de novo num lugar quente, a guerra acabara e não matara ninguém dos poucos que eu tinha. Era difícil aceitar, mas tudo tinha ficado para trás. Eu só precisava deixar de pensar em você.

CAPÍTULO TRÊS

Um dia de janeiro de 1946. No ar, flutuava uma névoa gélida. Pelas ruas, as mulheres voltavam do mercado andando rente aos muros, com cachecóis sobre o nariz. Os lavradores nos campos largavam a enxada para soprar as mãos fechadas em concha e contavam as horas que faltavam para estar de novo em casa, diante da estufa. Quem trouxe a notícia foi um vendedor de frutas que, antes de ir embora, estava bebendo uns tragos na taverna de Karl.

Calçamos as botas e corremos para ver. Erich ia andando esbaforido, eu olhava a neve. As escavações haviam sido retomadas. Tinham chegado dezenas de tratores, as escavadeiras despejavam terra sobre caminhões carregados até a borda, e estes iam depositá-la num talude que se erguia a olhos vistos. Diante de nós se abria um buraco imenso. A escavação mais extensa e profunda que eu já havia visto. As máquinas niveladoras delineavam o leito do canal. Mais adiante, outras centenas de trabalhadores, surgidos num piscar de olhos sabe-se lá de onde, montavam os barracões que se transformariam em armazéns e oficina, refeitórios e alojamentos, escritórios e laboratórios. Por todo lado o ar era sacudido pelo barulho de ferragens e pelo estrépito de escapamentos. Erich me pediu que perguntasse àqueles italianos quem os havia mandado, desde quando tinham reiniciado os trabalhos. Assim que algum deles se aproximava, eu fazia essas perguntas, mas eles levantavam a cabeça por um momento e voltavam a trabalhar sem me responder.

Ao lado do canteiro havia um barracão com a porta aberta. Via-se uma mesa e, em cima dela, havia fichários e pilhas de papéis.

— Não podem entrar — disse em alemão um homem que mordia um charuto e tinha um chapéu inclinado sobre os olhos.

— Os trabalhos recomeçaram?

— É, parece que sim — respondeu, sardônico.

A porta bateu. Dois carabineiros nos mandaram ficar mais longe e não ultrapassar a linha de limite.

Na volta para casa, eu mantinha os olhos ainda mais baixos. Se o governo italiano tinha mandado de novo os trabalhadores construir a represa, então um dia voltariam também o *duce*, a guerra, Hitler e a vida de desertores com neve até os calcanhares; em suma, era inútil iludir-se a achar que o passado mais cedo ou mais tarde ficava para trás. Era destino a permanência de uma chaga que não cicatriza.

Erich logo foi fazer o giro das outras propriedades. Contava acaloradamente o que tinha visto. O fosso imenso, as centenas de trabalhadores, os carabineiros diante do barracão, as colunas de cimento que se erguiam. Os homens lhe disseram que deixasse daquilo, que fazia mais de trinta anos que não se concluíra nada. Que os abruzeses ralassem tirando e pondo tubos, que os vênetos e os calabreses continuassem fincando e arrancando cercas, se era disso que gostavam. Os velhos responderam que eram velhos, que estavam cansados, que competia aos jovens arregaçar as mangas. Mas os jovens, os poucos que havia, calaram a boca dele dizendo que aquela era "mais uma razão para irem embora daqui". Então Erich foi procurar as mulheres. Mas as mulheres também balançaram a cabeça, repetindo que Deus não o permitiria, que o padre Alfred nos protegeria, que Curon era sede do episcopado. Um só, um retornado que nunca era visto na praça, lhe deu atenção.

— Se continuarem construindo a represa, a gente pega os revólveres que trouxemos do *front*, pomos lá as bombas que aprendemos a fabricar — disse. — Que esses senhores da Montecatini tenham cuidado. A cidadezinha agora está cheia de armas.

Erich jantou sem falar. Enquanto engolia uma tigela de caldo de carne, eu lhe pedi outra vez que fôssemos embora deste lugar maldito onde se sucediam só ditaduras e, mesmo sem guerra, não se encontrava paz. Ele me olhou de viés e, levantando o queixo, indicou-me a vista da janela, como se, depois de todos esses anos, continuassem a me escapar as razões que o mantinham aqui, agarrado como hera.

Jogou-se na cama exausto, com as mãos atrás da nuca, e se pôs a fumar, atirando a fumaça para o teto. Fiquei olhando para ele apoiada à parede.

— Ensine-me italiano, Trina. Não conheço as palavras para me fazer ouvir — disse-me.

A partir daquele dia, toda noite depois do jantar nos púnhamos à mesa, escrevíamos pensamentos e listas de palavras, eu lia histórias para ele exatamente como lia para você, como contava para Maria. Falávamos italiano durante horas. Quando ele voltava dos campos e eu lhe esfregava as costas na tina, esforçava-se por me confidenciar seus pensamentos nessa língua. Tomava as aulas tão a sério que, se eu me distraísse por um momento, ele me mandava imediatamente prosseguir. Eu compilava listas de verbos e substantivos, cantava as canções que tinha ouvido na casa de Barbara, ensinava-lhe frases que na manhã seguinte ele já havia esquecido.

— Não sei mais aprender — dizia, dando socos nas pernas, pousando, desanimado, a cabeça na mesa.

Parecia um menino velho esmagado por suas obsessões.

CAPÍTULO QUATRO

Em poucas semanas os trabalhadores, com perfuratrizes no colo, envoltos em nuvens de poeira, escavaram as galerias, e já não os víamos atarefados dentro da área cercada de arame. Das pedreiras continuavam chegando caminhões carregados de pedras. Outros descarregavam areia. Filas de betoneiras misturavam o concreto que os pedreiros transformariam em placas para construir margens, contrafortes, comportas. O homem de chapéu de vez em quando parava para trocar umas palavras com Erich. Ficava ao lado dele, acendia o charuto e olhava para as montanhas. Era italiano, mas falava alemão com fluência.

— Amigo, volte para sua mulher. Aqui vamos ficar anos.

— Quero que vocês vão embora — disse Erich.

Então ele esboçou um sorriso torto e, sem parar de contemplar os cumes, soltou círculos de fumaça.

— Entre, se quiser — disse, encaminhando-se para o barracão.

Lá dentro se sentia cheiro de pó e tinta de escrever, papel e café.

— Para que as obras parem, é preciso o apoio de gente de peso.

— E quem é essa gente? — perguntou Erich inclinando-se para a frente.

— Quem são as pessoas de peso?

O homem de chapéu girou o olhar pelo aposento vazio. Esfregou a ponta do charuto contra um cinzeiro de pedra e, com fumaça ainda na garganta, respondeu:

— Os prefeitos das outras cidadezinhas, o governo de Roma, o bispo, o papa. Você precisa envolver todos os habitantes. Um por um — concluiu, articulando bem as palavras.

Erich então balançou a cabeça:

— Eles acham que vocês já tentaram muitas vezes sem concluir nada. Confiam no destino, alegam a proteção de Deus. Muita gente nem sabe que vocês voltaram.

O homem de chapéu deu de ombros e assentiu, compassivo. Conhecia bem as pessoas, ele que toda a vida tinha girado pelo mundo. Eram iguais em todo lugar, só desejavam tranquilidade. Contentavam-se com não ver. Desse modo é que ele já havia evacuado outras pequenas cidades, arrasado bairros, demolido casas para permitir a passagem de estradas de ferro e de rodagem, jogado torrentes de concreto sobre os campos, construído fábricas ao longo do curso dos rios. E seu trabalho nunca sofria com crises, porque crescia onde houvesse confiança inerte no destino, fé absolutória em Deus, descaso daqueles que só têm sede de tranquilidade. Tudo isso lhe permitia continuar fumando charuto em seu barracão, enquanto os caipiras recrutados em algumas cidades distantes chegavam em trens de fome para se matarem de trabalhar como escravos debaixo de chuva, para morrerem de silicose nas galerias subterrâneas. Em sua longa carreira sempre tivera facilidade para destruir praças seculares, casas que haviam passado de pai para filho, paredes que ouvem segredos de marido e mulher.

— Você ainda tem tempo — disse no fim. — Mas, quando chegarmos perto das casas, a represa estará pronta em poucos dias. E será a maior represa da Europa.

Também voltaram os dois engenheiros de paletó e gravata, aqueles que antes da guerra tinham pagado bebida para os camponeses. Vieram com alguns suíços. Corria voz de que os suíços também estavam por trás da história da represa. Que alguns empresários de Zurique tinham emprestado à Montecatini dezenas de milhões que seriam pagos com juros em energia. Na cidadezinha começava-se a murmurar que então era preciso tomar cuidado. Os suíços eram gente séria e perigosa, bem diferente daqueles italianos malandros. Foi assim que, finalmente, algumas pessoas seguiram Erich até o canteiro de obras e viram os montes de pedras e areia de trinta metros de altura com caminhões manobrando em cima, viram os demolidores perfurando a rocha, as betoneiras misturando concreto, os trabalhadores inserindo turbinas e vozeando em seu dialeto incompreensível, saindo das galerias como esquilos de troncos ocos. Os camponeses ficaram olhando as escavações, petrificados e boquiabertos. Punham as mãos sobre as orelhas para não ouvirem aqueles barulhos nunca ouvidos.

Dia após dia a voragem continuava a se expandir como mancha de óleo. Os tratores e os caminhões subiam pelas montanhas de terra e pareciam sempre a ponto de rolar para baixo. Os trabalhadores eram formigas laboriosas que se confundiam com a luz pálida do sol invernal. Campos já não havia. As extensões verdejantes tinham desaparecido. A terra agora só vomitava poeira, exibia suas pedras esboroadas e azuladas e não parecia a mesma na qual cresciam lariços e ciclames, na qual tinham pastado serenamente vacas e ovelhas. O silêncio parado das montanhas estava sepultado sob o barulho incessante das máquinas que não paravam nunca. Nem à noite. Nem de madrugada.

Certa manhã Erich conseguiu reunir uns dez homens. Cercaram o barracão do homem de chapéu, bateram os pés, gritaram. O homem de chapéu saiu, ladeado pelos carabineiros. Seu olhar cruzou com o de Erich, e ele ergueu imperceptivelmente os lábios para um dos lados. Mostrou um mapa de Resia e Curon, e no mapa havia cruzes vermelhas nos cantos. Era uma folha grande que, para manter aberta, ele precisava estender os braços. Passou a folha a um camponês, dando a entender com um gesto que podia fazê-la circular. Alguns reconheciam a planta da cidadezinha, os bosques, o começo das trilhas de montanha. Outros, com trejeitos de incompreensão, passavam a folha imediatamente ao próximo. Quando o mapa voltou às suas mãos, o homem de chapéu explicou que a represa seria construída no interior daquelas cruzes vermelhas, mas era um trabalho demorado, que exigia constantes verificações, aprovações, financiamentos e, por muito tempo, não diria respeito à cidadezinha. Não estava nem excluída a possibilidade de chegar uma ordem de nova interrupção dos trabalhos.

— Para atingir o centro urbano ainda é preciso escavar muito tempo — concluiu.

— E qual vai ser a altura do nível da água? — perguntou alguém.

— Cinco, talvez dez metros.

Os camponeses se entreolharam furtivamente. Com essa altura, Resia e Curon seriam poupadas.

— Então não vão inundar a cidadezinha?

— Ninguém nunca disse que ia ser inundada.

Assim que o homem de chapéu voltou ao barracão, os carabineiros deram ordem de dispersar. Quando a porta do barracão se fechou, os camponeses retomaram o caminho de casa arrastando os pés na lama. Sobre o Ortles havia um restinho de sol que não conseguia enxugar a terra.

— "Vão ser necessários muitos anos para chegar à cidadezinha", disse o mestre de obras.

— Sabe lá quanta coisa pode acontecer nesse tempo.

— Hitler e Mussolini podem voltar.

— Dizem que não morreram, mas se esconderam para se reorganizar direitinho.

— A gente pode se tornar não só alemão ou italiano, mas talvez até russo, se os comunistas continuarem se espalhando.

— Ou americanos, se os comunistas não se espalharem.

— E vai ver que com os americanos a gente vai falar americano, e não mais alemão e italiano.

— No lugar da represa os americanos vão construir arranha-céus.

— Disse que não vão inundar Curon.

— Disse que não sabe.

— Eu tenho medo do mesmo jeito.

— Não deve ter medo.

Assim papeavam os camponeses arrastando os pés na lama.

Enquanto chegavam trabalhadores aos milhares — rapazes de pele olivácea, quase sempre parrudos e de cabelos negros, homens famintos que deixavam a família a milhares de quilômetros, ex-fascistas e desgarrados de toda a Itália —, nossos jovens iam embora para o Norte.

Durante a guerra alguns tinham fugido para a Alemanha, outros tinham se escondido na Suíça, outros ainda tinham ficado presos nos *gulags* de Stálin, muitos tinham tomado caminhos que não os levariam mais de volta a Val Venosta.

Aos sábados as mães ainda vinham à minha casa, uma por vez, pedir--me que lesse suas cartas, mas eu agora não podia mentir. Os filhos escreviam que não queriam voltar a Curon, onde só havia vacas e camponeses, mas não possibilidade de mudar de vida. As mães, ao ouvirem essas palavras, cobriam o rosto com as mãos, mas também diziam que era verdade, Curon era um povoado à margem do tempo. A vida era imóvel.

— Vocês não têm homens na cidadezinha. Só velhos — disse um dia a Erich o homem de chapéu. — E da velhice nunca se deve esperar nada de bom.

CAPÍTULO CINCO

Erich, acompanhado de Fleck, passava os dias com o cigarro na boca, a observar os caminhões que iam e vinham, carregados de terra em quantidade inacreditável. Olhava estupefato os trabalhadores construindo degraus para criar acessos subterrâneos, e neles entrando com máquinas estranhas.

— É certo que essa represa não vai ter condições de inundar Curon.

— O Carlino é um pequeno afluente do Adige. Um riachinho.

— Se estão esperando encher dez metros com aquela aguinha, quer dizer que não sabem nem fazer conta.

Era o que diziam a Erich aqueles que tinham ido com ele ao canteiro de obras. Outros, porém, apareciam à nossa porta e lhe perguntavam o que era possível fazer para deter aqueles desgraçados que tinham posto na cabeça que iam nos arruinar. Em casa havia um vaivém contínuo. Erich oferecia cálices de grapa e repetia as palavras do homem de chapéu:

— É preciso escrever. Fazer barricada não é suficiente. Precisamos pedir ajuda às pessoas de peso.

— Mas nós não conhecemos pessoas de peso.

— E nem escrever nós sabemos — diziam os camponeses, abrindo as mãos.

— O padre Alfred escreve, Trina escreve — respondia ele.

Os camponeses então se voltavam para me olhar e depois abaixavam os lábios, assentindo com a cabeça.

— Vamos escrever aos prefeitos das cidadezinhas aqui em volta, aos jornais italianos, aos políticos de Roma!

— É preciso escrever a De Gasperi, que nasceu no Trentino quando o império ainda existia! — interveio um deles.

— E nós, o que fazemos? — perguntaram outros.

— Vocês continuam indo até as obras. Eles precisam saber que estamos de olho. Na Suíça e na Áustria, a poucos quilômetros daqui, também queriam construir represas, mas onde encontraram oposição dos habitantes precisaram desistir.

Aquela agitação o aplacava. Esquecia-se de comer, apagava o cigarro antes de ir dormir e me beijava a cabeça quando eu o olhava de cara feia por ter voltado tarde.

A prefeitura de Curon contratou um advogado de Silandro. O advogado disse que escrever uma carta a De Gasperi era boa ideia, mas antes era preciso obter do ministério o reexame do projeto.

— O que eu posso fazer? — perguntava Erich.

O advogado dava de ombros.

— Não pode fazer nada, é uma questão política.

Dos encontros com o advogado Erich saía de péssimo humor. Para serenar a zanga, ia conversar com padre Alfred e, se não houvesse ninguém na igreja, falava com ele sentado num dos bancos. Confessava-lhe dúvidas que não me contava. Em certos dias eu o invejava por essa sua fé, em outros tinha medo de que se desiludisse com Deus também.

— É estranho ver você tantas vezes na igreja — disse-lhe eu. — Antes nunca ia.

— Quem defendeu nossa língua quando os fascistas a ultrajavam e nos impingiam a escola deles? Quem ficou defendendo o Tirol do Sul? Os políticos, a Itália e a Áustria competiram para ver quem caía fora primeiro. Só a igreja cuidou de nós.

Padre Alfred também estava preocupado com a represa e disse que, assim que o bispo de Bressanone passasse por estes lados, falaria com ele.

— Vamos escrever já para ele! — implorou Erich. — Não podemos esperar mais!

Padre Alfred, para contentá-lo, escreveu. E o bispo veio depois de algumas semanas. Naqueles dias parecia que as palavras podiam mover montanhas. Que o erro mais grosseiro tinha sido não as interrogar, não as procurar, não as fazer falar antes. Palavras.

Erich e alguns outros, em companhia das beatas, dedicaram-se a tirar o pó dos vitrais e lustrar as alfaias da igreja. Naquele domingo as pessoas se apinharam no adro, como sempre ocorria quando o bispo vinha. Erich e eu, porém, estávamos sentados na primeira renque de bancos. Esperávamos muitos discursos daquele homem maciço, de rosto duro que fazia qualquer um abaixar os olhos. No entanto, o bispo celebrou a missa como se na cidadezinha não tivéssemos padre ou como se fizesse muitos anos que não assistíamos a nenhuma. Fez-nos rezar sentados e em pé, em alemão e em latim e, quando finalmente chegou o momento da prédica, falou do além com o costumeiro fervor, de como ele podia ser horrível ou maravilhoso. Só no fim disse:

— Este povoado está sendo ameaçado por um projeto perigoso. Escreverei ao papa para informá-lo. Seu santo coração sem dúvida nos ajudará, se merecermos.

Naquela mesma noite, o homem de chapéu disse a Erich que tinham decidido elevar o nível da água para quinze metros.

Quando voltou para casa, eu já estava na cama. Deitou-se ao meu lado e apoiou a mão em meu ventre. Amor já não fazíamos. O homem de chapéu lhe mostrara o canteiro de obras até por dentro das galerias, onde os trabalhadores agora entravam com vagões movidos a diesel e de onde saíam com uma máscara preta no rosto, como se tivessem esfregado carvão na pele. Erich começou a me contar que lá dentro faltava ar, que por causa da poeira aqueles pobres cristãos escarravam o tempo todo e saíam em turnos para tomar ar.

— É um trabalho de escravos — comentou indignado e descreveu os trabalhadores de rosto violáceo que cavoucavam a terra com picareta e colavam com cementita as placas que um dia seriam atravessadas pela força explosiva da água.

Continuavam chegando multidões de operários. Pelas estradas encontrávamos longas filas de homens subindo em direção à cidadezinha com um saco a tiracolo. Pareciam hordas de bárbaros. Viviam acampados em barracões de 25 metros de comprimento, onde só havia beliches forrados com um pouco de palha e, no centro, uma estufa que mal e mal aquecia. Eram os mesmos barracões usados nos campos de prisioneiros. O homem de chapéu disse a Erich que já eram alguns milhares, espalhados pelos canteiros das cidadezinhas ao redor. Cidadezinhas como a nossa, voltadas para o lago ou à margem do Adige ou de algum afluente, mas que, diferentemente de Resia e Curon, não seriam inundadas.

— Agora as indústrias perceberam que chegou a hora de recolher o ouro branco e com ele fazer montes de dinheiro — disse Erich entre dentes, puxando o cobertor.

Eu já não sabia o que lhe dizer. Estava farta de falar de suas batalhas. Já não me importava com a represa.

— O que você tem? — perguntou-me.

— Nada — respondi dando-lhe as costas.

— Por que não fala?

— Não tenho nada para dizer.

Ele ficou imóvel, com as mãos no peito.

— Ainda pensa em Màrica? — perguntei-lhe de repente.

— Penso sem pensar — disse ele.

— O que quer dizer isso?

— Não sei explicar de outro modo. Penso sem pensar.

— Eu, quando me distraio de pensar nela, me sinto culpada. Você, ao contrário, está tão dominado pelos acontecimentos que a esqueceu.

— É preciso tocar a vida, Trina.

— Você não sofre por ela.

— Está falando besteira — rebateu ele.

— Você não sofre por ela — repeti, obstinada.

Então ele se virou de chofre, segurou meu queixo e soltou, tão perto de meu rosto que eu sentia seu hálito:

— Agora ela está grande, se quisesse voltar, já teria voltado!

Fiquei paralisada debaixo dos lençóis. Senti o eco de suas palavras no silêncio úmido do quarto. Ele ficou me olhando cheio de raiva, depois largou meu queixo como se fosse coisa de se jogar fora. Encolheu-se, dando-me as costas de novo. Pela primeira vez desconfiei que me dava as costas para eu não o ver chorar. Quando eu estava quase dormindo, ouvi-o abrir a gaveta da cômoda. Tirou um caderninho, que tinha no meio um lápis apontado à faca, e se pôs a folheá-lo no escuro. Acendi o abajur, e a luz iluminou desenhos. Era você.

Tentei pegar o caderno, mas ele agarrou meu pulso. Não queria que o tocasse. Ele desenhava bem, tinha um toque leve, que se tornava mais marcado nos olhos e na boca. Em algumas folhas havia só as mãos. Numa página, os sapatos com laço que eu comprara para sua primeira comunhão. Em outra, você estava à mesa, de costas, fazendo a lição de casa. Em outra, eu a penteava. Seus cabelos ainda eram compridos como quando você tinha começado a ir à escola.

Eu não sabia que ele desenhava. Não sabia do caderno escondido atrás das meias. Não sabia exatamente o que ele fazia durante todo o tempo em que ficava fora. Depois de todos aqueles anos, eu sabia dele pouco mais que nada.

CAPÍTULO SEIS

Ouviu-se um estrondo, como de avalanche. Eu estava na escola e, por um instante, eu e as crianças olhamos paralisados para fora da janela. Tentei continuar a aula. Quando saí, muita gente, em grupos na rua, falava da represa, dizendo com exaltação que houvera um acidente. Tubos de cimento tinham rolado para a escavação, destruído os alambrados, derrubado um trator, matado uma pessoa. Tomei a pé o rumo do canteiro de obras. Corria ofegante, suava nas costas. Se Erich tivesse morrido, eu fugiria de novo para as montanhas e ficaria à espera dos lobos. Correria para a gruta dos soldados alemães e, por maior ou menor que fosse o tempo de sobrevivência, eu finalmente olharia da distância de um pico esta cidadezinha que eu começava a detestar, com camponeses que mal e mal enxergavam um palmo à frente do nariz, com aquela gentalha que o invadira e nos enganava descaradamente. Se aquela era a paz, eu estava melhor com a neve nos calcanhares, a fome a me consumir. Com o pesadelo dos nazistas arrombando a porta.

    Corri durante horas com a respiração descontrolada e o coração batendo precipitadamente. Gritei o nome dele entre as árvores, até ficar sem voz. No canteiro de obras não havia ninguém. A escavação estava deserta. Viam-se os sinais dos tubos, que deviam ter caído violentamente, depois de ganharem velocidade. Na escavação ainda se encontravam a carcaça do trator e, derrubadas, as caçambas nas quais a terra era misturada com argila em pó. Alguns trabalhadores circulavam por lá como insetos sobre um pedaço de pão. Pairava um silêncio de morte que permitia sentir o sopro do vento sobre a terra árida. Voltei atrás, depois de novo para o canteiro de obras e depois, outra vez, atrás, até que por fim já não sabia onde estava. A poucos passos de mim começava o bosque. O sol estava se pondo, e eu já não reconhecia as trilhas como antes. Vales, povoado, estradas, nada disso eu sabia mais de cor. Estava penetrando entre as fileiras de abetos quando ouvi gritar meu nome. Voltei-me e o vi, andando ao meu encontro. Chutava as pedras que aparecessem à frente de seus pés.

— Você está bem? — perguntei-lhe sem fôlego.

— Espere-me em casa da próxima vez.

— O que aconteceu?

— Uns tubos de cimento caíram de um caminhão e rolaram para a escavação.

— É verdade que morreu um trabalhador?

— Mais de um. Morreu também um carabineiro.

Começamos a voltar para a cidadezinha e, de longe, via-se um grupo de camponeses vindo em nossa direção. Já anoitecera quando, diante da taverna de Karl, se formou um grupo de ébrios que bebia ao revés da represa, do governo italiano, da Montecatini, dos trabalhadores mortos, dos carabineiros.

— Agora que sofreram esse baque vão suspender os trabalhos, não é, Erich Hauser? — perguntou em tom provocador o filho do quitandeiro.

— Não sei — respondeu Erich.

— Vão suspender, sim.

— Já suspenderam — disse outro.

— Eu falei que nunca seria construída — disse outro ainda, enquanto todos anuíam com a cabeça.

As obras de fato foram suspensas. Os trabalhadores ficavam nos barracões de frente para a represa, sentados em caixotes de madeira, fumando e caçando moscas. Passavam bebida de um para o outro e mordiam pedaços de pão com bocas bovinas. Olhar para eles com ar de desafio não produzia nenhum efeito. Eram mais embrutecidos que os nossos camponeses, e por seus olhos mortiços era possível deduzir quanta poeira tinha entrado no cérebro deles, deixando-os atordoados para sempre. Para eles, dava na mesma construir a represa ou os caixotes de madeira nos quais ficavam sentados a fumar. Esperavam o pagamento do sábado, dia em que se punham em fila diante do barracão do homem de chapéu e saíam com as notas enfiadas no bolso. Não se importavam conosco, com Curon, com o vale. Pensavam só em cumprir as ordens e em escarrar a poeira que os estava matando. À noite, sem dúvida, sonhavam com seus povoados ensolarados e com as mulheres com quem fariam amor assim que voltassem para casa.

Veio uma pequena banda para o funeral do carabineiro. Depois da missa, o caixão, envolto na bandeira italiana, partiu num carro reluzente que tomou a estrada de Merano. Os trabalhadores, por outro lado, seriam apinhados em algum lugar até que a Montecatini se livrasse de todas as investigações.

Os inspetores vindos de Roma constataram o ocorrido e fizeram um relatório, mas, enquanto isso, o homem de chapéu transferiu os trabalhadores para as proximidades da estrada de Vallelunga, zona mais plana que fica antes de Curon. Incumbiu-os de erguer outros barracões. Pré-fabricados em forma de casinhas minúsculas.

— Vocês não param nem diante dos mortos? — disse Erich.

O homem de chapéu abriu as mãos e esticou os lábios para baixo.

— Para que servem essas bibocas? Querem fechar o pessoal lá dentro?

— Se o governo não encerrar a obra, esses serão os alojamentos temporários para quem quiser continuar aqui — respondeu.

— Decidiram elevar mais ainda o nível da água?

— Vai ser de 21 metros.

— Mais alto que a cidade.

— Mais alto que a cidade — repetiu ele.

— Mas no papel afixado lá na prefeitura estava escrito que vocês iam elevar para cinco! — protestou Erich, sem voz.

— "Com variações no referido projeto", também estava escrito.

Dia após dia surgiam aglomerados de pré-fabricados que pareciam caixas em fila indiana. Os camponeses à noite iam espiá-los, mas logo os carabineiros organizaram turnos de vigilância e não permitiram a aproximação de mais ninguém. Uma noite, o ex-combatente que queria jogar bombas conseguiu entrar num dos barracões com outros dois. Talvez quisessem explodi-lo, talvez apenas matar a curiosidade. Um pé de vento bateu as portas, e os carabineiros os apanharam em flagrante. Foram postos na cadeia de Glorenza e lá ficaram alguns dias, sendo soltos no domingo pela manhã, diante das pessoas que saíam da igreja. Quando Erich se aproximou para cumprimentá-los, eles começaram a lhe dar empurrões e o intimaram a ir embora, como se fosse ele o autor da prisão. Outros homens fizeram coro.

— Vá embora! — repetiam.

— Pare com isso, Erich Hauser! Deixe a gente em paz!

Fui ter com Erich, que, sem dizer nada, tomou o caminho de casa. Enquanto o seguia, lembrei-me de Barbara, que nunca mais me dirigiu a palavra, nem antes de emigrar para a Alemanha. Nossa vida me parecia um grande erro.

Um dia, estava eu à janela imaginando como viveríamos naquelas míseras casinholas, quando senti uma vontade repentina de escrever. Sentei-me à mesa e fitei a folha em branco. Escrevi que as indústrias estavam tratando Curon e o vale como se fossem um lugar sem história. No entanto, nós tínhamos agricultura e pecuária, e, antes da chegada daquele exército de caipiras e daquela súcia de engenheiros, reinava a harmonia entre as propriedades e o bosque, entre os prados e as veredas. Era uma terra rica e cheia de paz, a nossa. Sacrificar tudo isso por uma represa era simplesmente selvagem. Uma represa pode ser construída em outro lugar, ao passo que uma paisagem, se devastada, não pode renascer, escrevi no fim. Uma paisagem não pode ser consertada nem replicada. À noite, li aquela página para Erich, e ele beijou minha cabeça. Disse que tinha sido formado um comitê de ação para a defesa do vale e que estavam discutindo o porquê de os jornais não ligarem nem um pouco para nós.

— Os jornais italianos, que deveriam se preocupar com as coisas que acontecem na Itália, esta Itália a que eles querem nos fazer pertencer a todo custo! — gritava, exaltado.

Reli o texto, e Erich disse:

— Vamos mandar esse também

— Sim, mas não com o meu nome. Assine você.

Logo me esqueci daquelas palavras. Não perguntei a Erich onde tinham ido parar, nem o que estava acontecendo com o comitê. Ele continuava ficando até tarde da noite a discutir com padre Alfred, com o prefeito e com os poucos camponeses que se interessavam por aquela história, mas eu não queria falar do assunto. O caos era demais, estava tudo tão embaralhado que nos fazia perder o sono. Quando alguém se punha diante da estufa de casa a falar com Erich sobre o que acontecia no canteiro de obras, eu me fechava no quarto. Sentia uma resignação e um desinteresse iguais ao dos camponeses e de suas mulheres. Tinham razão. Não era possível passar o tempo todo pensando na represa, corria-se o risco de enlouquecer. Tomar conta do canteiro de obras era um trabalho hercúleo que só Erich Hauser podia carregar nas costas. Além disso, o advogado era lento, e a carta a De Gasperi ele nunca mandou. Aliás, De Gasperi não dava a menor importância ao fato de ter nascido quando ainda existia o Império Austro-Húngaro e talvez nem soubesse que Curon existia. Val Venosta podia ser um nome que ele associava às férias de verão e nada mais. Eu só me entusiasmava quando Erich me pedia que escrevesse um artigo para os jornais de língua alemã, visto que os italianos não falavam de nós ou apoiavam as razões da Montecatini, alegando um progresso ao qual devíamos nos ajustar e do qual devíamos nos sentir parte, ainda que ele implicasse nossa destruição. Não sei como era possível, mas, se ele pusesse a folha diante de mim, as palavras saíam sozinhas. Davam corpo à raiva que eu não sabia que tinha. Aos pensamentos desorganizados que giravam pela minha cabeça. Não me assustava dirigir-me ao bispo, ao presidente da Montecatini ou ao ministro da Agricultura, que, por meio de minha carta, tinham sido convidados pelo comitê a irem à cidadezinha para verem que sacrilégio era aniquilar este vale.

Depois de alguns meses veio de fato o ministro Antonio Segni, que durante todo o tempo ficou com a carta no bolso do paletó. Passou por Sluderno e por outros povoados vizinhos. Em Curon, parou para olhar as pastagens, os campos, os camponeses trabalhando, e disse, desconcertado, que o pessoal da Montecatini tinha lhe contado um monte de balelas. Tinham jurado que éramos um mísero burgo meio despovoado, e não uma cidadezinha próspera. Padre Alfred ficava ao lado dele e não parava de dizer-lhe em seu italiano estropiado que grande crime os estava maculando. De repente, o ministro se afastou alguns metros e, dando-nos as costas, passou a mão sobre os olhos. Depois, voltou-se para nós e começou a falar com o tom de quem está para fazer uma promessa solene. Seu assessor, depois de Segni pronunciar algumas frases, apressou-se a tomá-lo por um braço e, balançando a cabeça, convidou-o a calar-se. Falou em seu lugar, apoiando uma das mãos no ombro de padre Alfred.

— O ministro se empenhará por vocês, mas, no ponto em que estamos, não podemos assegurar que conseguiremos interromper as obras. O que podemos fazer, na infeliz hipótese de que a obra seja levada a termo, é garantir uma indenização que compense adequadamente as perdas sofridas.

CAPÍTULO SETE

Num dia de março cada um de nós foi convocado a ir ao tribunal arbitral; propuseram-nos uma escolha: ressarcimento em dinheiro ou reconstrução da casa.

— Mas, quanto à casa — adiantavam — precisarão ter paciência.

— O que quer dizer paciência?

— Paciência quer dizer paciência — respondiam os funcionários com a mesma arrogância do tempo do *podestà*.

O fascismo já não era legal, mas ainda estava entre nós, tal e qual, com todo o seu arsenal de presunção e prepotência, com a mesmíssima gente trazida por Mussolini, da qual a nova república italiana precisava para o funcionamento da burocracia.

Fora do tribunal olhamo-nos estarrecidos. Mais uma vez estávamos diante do dilema de ficar ou partir. Tal como em 1939. Quem aceitasse o dinheiro, iria para outro lugar, talvez para a casa de parentes ou para algum outro local do vale. Quem escolhesse a casa, estaria decidido a ficar, mesmo com a água dominando tudo.

— E os animais, onde vão pastar?

— E, se os vendermos, quanto nos pagarão?

— E por quanto tempo vamos precisar ficar naquelas gaiolas?

— E por que avaliaram em quatro liras o nosso *maso*?

— É verdade que o papel timbrado em que vocês nos mandam o aviso de desapropriação custa mais que um metro quadrado dos nossos campos?

Era o que gritávamos para os funcionários de óculos do tribunal. Mas eles respondiam irritados que nada tinha sido decidido, que eles só precisavam ter uma ideia de quantas casas teriam de construir. Que não os obrigássemos a chamar os carabineiros para nos expulsar dali.

Naquele mesmo dia padre Alfred bateu à porta.

— O papa vai nos receber! — anunciou com a carta do bispo na mão.

— Você também vai para Roma — disse, mais despachado e resoluto que de costume.

Erich gargalhou. Ele, camponês de Val Venosta, em Roma, diante de Pio XII! Rimos. Depois padre Alfred ficou sério.

— Você também vai — disse de novo e despediu-se dele na porta, marcando encontro para o dia seguinte de manhãzinha.

Erich partiu no carro do bispo de Bressanone; de Bolzano foram de trem para Roma. O papa os recebeu em audiência privada. Quantas vezes lhe perguntei "como é o papa?", "o que vocês conversaram?", "como é o palácio dele?". Mas ele, apesar de termos preparado juntos um breve discurso, não dissera nada. Pio XII não lhe dirigiu a palavra. Erich me falou dos guardas suíços de plantão nas entradas, das salas cheias de afrescos, dos quadros, dos tapetes, dos jardins imensos que era possível entrever atrás das cortinas drapejadas. Disse que o papa era bonito e me mostrou uma foto que ele lhes presenteara, com os círculos dos óculos sobre o rosto e uma expressão atônita: bonito mesmo não me parecia. Tinham falado em italiano durante o encontro, e Erich não tivera muita dificuldade para acompanhar a conversa. Durante todo o tempo, ficara na ponta de um divãzinho, olhando o papa fazer sim com a cabeça. Até o bispo de Bressanone tinha ficado quieto. Quem se incumbiu de animar o diálogo, mais uma vez, foi padre Alfred, que mesmo diante de Pio XII falava gesticulando, com suas mãos ossudas e o rosto afogueado pela brasa da injustiça que Curon estava sofrendo.

— Uma injustiça que não pode deixá-lo indiferente, Santo Padre — disse ele. — Uma injustiça que ocorre depois dos males do fascismo, do qual não nos libertamos realmente. Uma violência — continuou com os lábios rijos e o queixo projetado à frente — a que se somam as mortes que atingiram nossa população durante o conflito e os muitos desaparecidos que ainda não voltaram.

O papa anuiu de novo com a cabeça e pediu aos três que orassem. Mas foi uma questão de minutos; depois os despediu, repetindo que interviria. Ordenaria que se escrevesse a Roma para obter uma resposta do ministério sobre a possibilidade de rever o projeto.

— Tenho apreço por sua comunidade — foi a última frase que ele disse antes de se despedir.

E mais corredores e guardas e Roma vista pelos vidros do automóvel e Erich perdido a olhar os prédios e as ruas largas, e na cabeça dele o rosto do papa que sequer lhe estendera a mão.

— Vai falar com Deus para segurar aqueles filhos de cão? — vieram perguntar-lhe os camponeses de Curon.

— Diz que tem apreço por nossa comunidade — respondia Erich incomodado, sem saber o que acrescentar.

CAPÍTULO OITO

Erich me pediu que escrevesse uma carta aos prefeitos dos povoados vizinhos. "Os senhores não podem sentir-se alheios a esta batalha. Não podem mostrar-se surdos diante do perigo da represa. Agora que até o papa está de nosso lado, encorajando-nos e recomendando que continuemos unidos, os senhores não podem deixar de nos dar apoio. Precisam vir protestar conosco". Foi assim que escrevi.

Todos os domingos padre Alfred repetia que as pessoas não deviam ir embora.

— O primeiro que se for declarará a perdição de Curon e Resia — advertia no fim de cada missa.

Na cidadezinha as pessoas diziam que as coisas estavam caminhando bem. O papa tinha apreço por nós e tudo estava sendo cuidado pelo comitê, pelo pároco e pelo prefeito, com Erich Hauser. Agora só cabia esperar a resposta de Roma: aguardar a solidariedade das outras cidades, ter paciência até que o tribunal arbitral quantificasse as indenizações. E, quem sabe, nesse ínterim poderiam ocorrer novos acidentes ou alguém explodiria os barracões de Vallelunga ou pelo menos o escritório daquele desgraçado que vivia de charuto na boca e chapéu em cima dos olhos. Outros, porém, diziam que precisavam pôr umas bombas, sim, mas em Roma e nas sedes dos jornais italianos, que nos ignoravam e atendiam aos interesses da Montecatini. Intimei Erich a não se misturar com quem queria usar armas. Mas, como não confiava nele, fui falar diretamente com padre Alfred.

— Perderemos a ajuda do papa. Perderemos o apoio de todos, além do apoio de Deus. Se aquele grande asno tiver armas, diga-lhe que não ponha mais os pés na igreja! — gritou, exaltado.

Quando Erich voltou para casa, relatei-lhe as palavras de padre Alfred, e ele abaixou os olhos como menino apanhado a roubar.

Mesmo aos domingos os operários ficavam trabalhando até meia-noite. Agora, atrás da oficina do sapateiro, era possível ver os tubos de cimento armado despontando da terra como dentes, e eu sentia no ar um cheiro de água choca que nunca tinha sentido. Ao longe, outras equipes levantavam as margens e construíam os desaguadouros e as comportas que logo se abririam para deixar passar a água que nos inundaria. Fingíamos não ver e ficávamos longe, confiávamos no papa, no comitê, no padre Alfred, mas naquela primavera de 1947 a represa estava atrás de nós e não parava de nos seguir.

Erich se ocupava dia e noite a organizar vigias e protestos. Montava grupos pequenos que não assustavam ninguém. Bastava-lhe um só camponês para não desanimar, para ter a ilusão de fazer alguma diferença. Sempre que podia, eu ia com ele. Tinha medo que ele acabasse sozinho. Sozinho com seus gritos. Com sua fúria impotente. Queria protegê-lo do abandono dos outros.

Fui com ele naquele dia de maio também, quando finalmente alguns camponeses do Trentino vieram dar-nos apoio, e Resia e Curon se tornaram, por uma vez, uma só cidade. Saímos com os animais, e os animais gritavam conosco. Mostramos aos carabineiros, aos operários, aos engenheiros da Montecatini, a Deus, tudo o que tínhamos. Braços, gargantas, animais. Do alto de um palanque, o presidente dos pecuaristas disse as seguintes palavras por um megafone, e eu as lembro ainda porque eram iguais às que eu escrevia para Erich: "O interesse de uma sociedade industrial se volta contra nós, os nossos campos e nossas casas. Noventa por cento dos habitantes de Curon precisarão deixar sua terra. Este nosso pedido é um grito de socorro. Salvem-nos, ou acabaremos arruinados."

O sol cor de laranja daquela tarde aquecia-lhe o rosto e o obrigava a aproximar os olhos das folhas de papel que ele segurava firme na mão agitada. Sua voz era entrecortada, e, quando ele se interrompia, nós aplaudíamos e assobiávamos, e as vacas mugiam como se também entendessem. Finalmente as pessoas gritavam, as pessoas choravam, as pessoas tinham saído de casa para se olhar na cara. Finalmente as pessoas eram dignas desse nome e pelo menos naquele dia ninguém pensava para si, ninguém tinha pressa de voltar para casa, ninguém tinha outro lugar onde quisesse estar, porque a seu lado estavam mulheres, filhos, animais, homens com quem crescera, mesmo que nunca tivessem lhes dirigido a palavra, mesmo que tivessem feito escolhas contrárias às suas.

Erich me mostrou o homem de chapéu. Apartado, sem charuto na boca, esboçava meio sorriso. Os carabineiros, ao seu redor, serviam-lhe de escudo, mas ele os ignorava porque tinha cara de quem não tem culpa.

CAPÍTULO NOVE

Chegou a resposta do ministério. Quem veio transmiti-la foi o advogado de Silandro.
— Não vão reexaminar nada. As obras continuam — disse desconsolado, mostrando-nos um papel que não lemos.
Erich foi falar com o homem de chapéu. Ainda estava naquele barracão distante. Tinham ficado só ele e os dois carabineiros. O homem de chapéu o escrutou, severo e compassivo.
— Responderam só porque o papa pediu.
— E agora?
— Só lhes restam os gestos extremos.
Erich arregalou seus olhos cinzentos e ficou fumando avidamente enquanto o homem de chapéu reorganizava a escrivaninha.
— Matar um carabineiro ou atirar num operário mudaria as coisas?
— Talvez você precisasse me matar — disse, sem olhar para ele.
Na escola, eu tinha pedido a cada criança que escrevesse uma carta contra a construção da represa. No fim do dia as recolhi e fui colocá-las diante do escritório dele. Uma penca de histórias, um feixe de ingenuidade contra os subterfúgios da Montecatini. O homem de chapéu escancarou a porta, como se estivesse atrás, espiando. Com suas mãos gordas, recolheu as cartas. Convidou-me a entrar, tinha café. A grande mesa atulhada de fichários e calhamaços estava entre nós.

Ele lia algumas linhas de cada carta com rosto inexpressivo. Encheu minha xícara.

— As palavras não serão suficientes para salvar vocês — disse, devolvendo o maço de cartas. — Nem estas, nem as que apareceram nos jornais alemães com o nome de seu marido.

Pela primeira vez vi seus olhos. Pretos como a tinta com que escrevia. Sabe-se lá diante de quem tirava o chapéu. Se tinha alguma mulher para quem abria aqueles olhos fendidos.

— Saiam daqui — continuou com voz mais cálida —, levem os animais para outra cidadezinha. Vocês ainda não são velhos, podem refazer a vida.

— Meu marido não aceitará nunca.

Outros professores fizeram o mesmo. Deixaram maços de cartas. Padre Alfred organizou preces coletivas, procissões, vigílias. Alguns camponeses foram com gente vinda do Norte da Itália ao canteiro de obras e tentaram cortar os alambrados. Os carabineiros chegaram imediatamente e os evacuaram. Alguns dias depois, ao alvorecer, os mesmos camponeses conseguiram pular o posto de bloqueio. Eram quatro: jogaram-se do outro lado dos alambrados e correram em desabalada na direção dos operários que trabalhavam na escavação. Os carabineiros dispararam para o ar, mas assim mesmo os quatro continuaram correndo e investiram contra os trabalhadores como quem está disposto a morrer. O homem de chapéu ordenou aos carabineiros que não atirassem. Houve pega-pega, poeira a granel, socos e pontapés. Os operários eram muitos e num instante pularam em cima deles, desarmaram-nos, puseram os pés na cara deles, e os camponeses ficaram imobilizados debaixo das botinas. Vermelhos de terra e de vergonha.

De Glorenza mandaram mais carabineiros. Nas estradas havia a mesma tensão dos tempos da guerra. Patrulharam as ruas, e, quando a gente andava pela praça deserta tinha a impressão de que de uma hora para outra iam detonar um explosivo. O único que circulava por lá era um rapaz de dois metros de altura, magérrimo, embrulhado num capote marrom-claro, com lentes grossas de míope. Tinha estacionado o automóvel perto da prefeitura e ia com as mãos afundadas no capote e o nariz empinado. Chegava até as comportas, olhava as galerias sobre as quais os trabalhadores espalhavam terra do campo. Em cima, passariam as niveladoras e depois se plantaria relva, para dar a ilusão de que o vale tinha voltado a ser harmonioso como antigamente. De que a represa não tinha destruído o equilíbrio do território. Às vezes parava, enfiava as mãos na terra e a deixava escorrer entre os dedos. À tarde apareceu no comitê, disse que era um geólogo suíço. Tinha vindo a Curon para condenar o sigilo com que os controles tinham sido executados e para denunciar a presença de empresários de Zurique por trás do projeto.

— Foram eles que deram dinheiro à Montecatini — disse, animando-se. — A Suíça desaprova quem atropela a vontade dos indivíduos. Lá, esses métodos não poderiam sequer ser levados em consideração. De qualquer modo — continuou, mudando de voz —, esse solo é composto de detritos de dolomita, não tem a consistência mínima necessária. Aqui em cima não se pode fazer uma represa. Vocês precisam de qualquer jeito exigir que o projeto seja revisto — concluiu ele atrás das lentes embaçadas. — A imprensa de língua alemã está do lado de vocês. Peçam ajuda à Áustria e à Suíça, não ao governo italiano.

Os integrantes do comitê primeiro o olharam com desconfiança, depois o levaram ao canteiro de obras. Erich bateu à porta do barracão, mas o homem de chapéu, quando viu o geólogo, fez uma cara safada e não quis recebê-los. O geólogo deu uma risadinha e recolheu mais terra. Disse que faria outros levantamentos e nos ajudaria a publicar novos artigos nos jornais. Logo comunicaria a Roma os dados que garantiam o malogro da represa, e todo mundo se renderia à evidência de suas provas.

— Se fizerem a represa, ela vai desmoronar, ou vai haver transbordamento. Ou então não vai funcionar nunca — disse antes de ir embora.

Padre Alfred me pediu que escrevesse ao ministro do Exterior austríaco. Foi minha última carta. "Esta represa é um perigo para os senhores também. Lembrem-se de que durante séculos este vale foi sua casa", escrevi no fim.

De Viena nunca chegou resposta. Do geólogo, com seu andar desconjuntado e os óculos de míope, não soube mais nada depois daquele dia.

CAPÍTULO DEZ

Os prefeitos das cidadezinhas circundantes responderam. Não assinariam nenhum pedido de revisão do projeto nem nenhum abaixo-assinado de oposição. Em suma, o desvio do rio era vantajoso para eles porque evitava inundações em seus próprios territórios.

Erich me disse:

— De que adianta meter uma bala na cabeça do homem de chapéu, se até os nossos vizinhos acham bom que nos afoguem?

E finalmente me entregou os revólveres dos soldados alemães que eu tinha matado:

— Fique com eles, Trina, antes que eu faça besteira.

— Diga a verdade, alguém está preparando atentados?

— Não sei.

— Faça o favor, não vá mais ao canteiro de obras. Volte para a oficina com seu filho, cuide dos novilhos — dizia eu, enquanto ele me abraçava e pousava os dedos sobre minha boca.

Era seu modo de dizer que não era capaz.

— Por que é que, quanto mais se aproxima o fim, mais sinto este apego desesperado? — perguntou-me Erich naquela tarde em que estávamos à margem da represa, vendo a evacuação dos habitantes de Resia.

Tinham sido desapropriados de repente, e das casas víamos sair grupos de famílias com sacos, bolsas, malas nas mãos. Quem quisesse fazer a mudança dos móveis, por razões que não nos foram explicadas, precisavam encomendá-la aos encarregados da Montecatini, pagando não lembro quantas liras. Assim, as casas, esvaziadas das famílias, ficavam cheias dos objetos delas. Os homens carregavam os colchões nas costas, as mulheres, com as crianças no colo, tentavam olhar em frente, para o horizonte claro que havia naquele dia. Nuvens vermelhas flutuavam no céu. Os habitantes de Resia caminhavam em fila, com o passo lento dos condenados, sob os olhares indecifráveis dos carabineiros enfileirados. Com o mesmo passo caminhavam os que, diante da expropriação, tinham decidido ir embora. Para Malles, Glorenza, Prato allo Stelvio. Pagando aluguel ou, se tivessem sorte, ficando em casa de irmãos, primos, parentes distantes. Padre Alfred não desviava o olhar de quem saía da cidadezinha.

— Agora estamos de fato perdidos — repetia, olhando-os afastar-se.

As famílias que tinham optado por ficar iam com andar arrastado em direção às casinholas espalhadas por Vallelunga. Capengas, apertadas, compridas. Produzidas em série. A Montecatini tinha construído até uma igreja, que parecia uma central elétrica abandonada. Para eles, aquilo era atender às nossas necessidades.

Certa manhã um camponês de Curon achou meio metro de água no curral. As galinhas mortas e o feno esfiapado flutuavam por lá. Saiu para a rua e se pôs a gritar. Todos os que estavam em casa e nas lojas correram para os currais e os porões: todos encontraram água. Em pouco tempo formou-se na praça uma multidão enfurecida. Erich foi correndo chamar padre Alfred. Até nos subterrâneos da igreja a água chegava aos joelhos.

— Aqueles desgraçados fecharam as comportas sem avisar a gente! — disse Erich.

— Vamos para Resia — ordenou o pároco. — A esta hora os engenheiros estão nos escritórios.

Assim que padre Alfred chegou, formamos filas. Éramos mais de duzentos. Jovens e velhos. Homens e mulheres. Marchamos para Resia. Naquele dia até Michael foi. Tinha passado para nos ver, numa de suas costumeiras visitas velozes e feitas de coisa nenhuma. Desde quando ele morava em Glorenza e Erich deixara de ir à marcenaria, raramente nos víamos. Os dois nunca mais voltaram a se falar.

Pelo caminho, alguém entoava coros, outros choravam, algumas mulheres gritavam. Chegamos a Resia à tarde e, quando avistamos de longe, fora do barracão que servia de laboratório geotécnico, dois engenheiros da Montecatini, vimos que eles ficaram primeiro paralisados e depois, percebendo que éramos um exército, aceleraram o passo e no fim começaram a correr como ladrões de galinhas em direção à casa de um carabineiro, gritando seu nome. Os rapazes das últimas filas deixaram o grupo para segui-los. Michael juntou-se a eles. Nós berrávamos: "Miseráveis!" Os rapazes agarraram os engenheiros e os empurraram em direção à multidão, que num instante os cercou. Padre Alfred gritou que ninguém ousasse erguer as mãos.

Fecharam as comportas da represa? — perguntou ele naquele silêncio pronto a explodir.

— Não conseguimos avisar vocês — disseram desconcertados, com a garganta apertada.

Antes que tivéssemos tempo de fazer outra pergunta, chegaram em alta velocidade dois carros dos carabineiros. Frearam a poucos metros de nós. Desceram com os revólveres no alto, abriram alas entre a multidão. Os engenheiros imediatamente se esconderam atrás deles, que os puseram a salvo dentro de um dos automóveis, enquanto muitos de nós não paravam de insultá-los. Depois se dirigiram com passos decididos a padre Alfred. Puseram-lhe algemas e o empurraram como se faz com um delinquente para o segundo carro, que partiu cantando pneu. Foram gritos e pedras contra os carros. Corrida inútil dos rapazes para interceptá-los. Michael gritava: "Canalhas! Fascistas!" e também encheu de pedras uma das mãos.

Quando os automóveis desapareceram na estrada, ficamos a nos olhar, imóveis e atônitos. Erich e Michael deram-se as mãos por um momento para amparar-se mutuamente.

Voltamos a ver padre Alfred dois dias depois. Tinha ficado preso sob a acusação de incitar o povo.

Em Curon passamos os últimos meses como aqueles torturados até a morte com estilicídio. Uma gota por vez, sempre no mesmo ponto da testa, até a cabeça afundar. Voltava-me à memória a mulher gorda nas montanhas, quando me encorajava: "Olhe só, hoje também não morremos!", e ninguém podia dizer mais que isso. E vinha-me à memória aquele engenheiro que tinha dado ordem aos carabineiros de bater em Erich. "O progresso vale mais que um punhado de casas", dissera ele. De fato, falando em termos de progresso, é o que éramos. Um punhado de casas.

Depois da prisão de padre Alfred fomos dominados por uma resignação que tinha forma de mão a nos tapar os olhos. Dizem que isso acontece também com os doentes terminais, os condenados à morte, os suicidas. Antes de morrer, aplacam-se, como num lampejo de paz que não se sabe de onde brota, mas que os penetra. É um sentimento lúcido, que não precisa de palavras. Não sei se essa resignação é a maior intrepidez do homem, seu gesto mais heroico, a maior eternidade a que ele pode aspirar, ou se, ao contrário, é a confirmação de sua natural covardia, visto que é insensato parar de se rebelar antes do fim. Mas eu sei outra coisa, uma coisa que não tem nada a ver com esta história: se você tivesse voltado, nem o pensamento da água a nos submergir nos teria amedrontado. Com você teríamos encontrado forças para nos mudar. Para recomeçar do zero.

Em agosto vieram pôr cruzes nas casas. Uma cruz de tinta vermelha em todas as casas que eles explodiriam com TNT. Da velha cidadezinha só sobrou a igrejinha de Santa Ana, da qual depois surgiu Nova Curon. Nosso *maso* foi marcado ao alvorecer. Alguns minutos depois, o de *Ma'* e o de Anita e Lorenz, que, após 1939, os fascistas tinham destinado a imigrantes italianos. A última a abandonar a cidadezinha foi uma velha que tinha o meu nome. Gritava da janela que viveria em pé na mesa e depois no teto. Precisaram tirá-la da casa na marra.

No domingo fomos nos sentar nos bancos da igreja para a última missa. Vieram rezá-la dezenas de padres de todo o Trentino, mais o bispo de Bressanone. Foi uma missa a que não assisti. Ocupada demais a conciliar o inconciliável: Deus com a incúria, Deus com a indiferença, Deus com a miséria da gente de Curon, que, como dizia o homem de chapéu, é igual a qualquer outra gente do mundo. Nem a cruz de Cristo se conciliava com meus pensamentos, porque continuo acreditando que não vale a pena morrer na cruz, mas melhor é esconder-se, virar tartaruga e recolher a cabeça na carapaça para não olhar o horror que há fora.

Depois da missa Erich me tomou pela mão e me levou a passear pelas margens da represa. Um sol quente criava sombras longas e dava vontade de sair a andar pelos campos. Naquele nosso passeio parecíamos apenas costear o lago, no entanto eu não devia esquecer, não devia esquecer nunca que aquilo era uma represa e que antes, no lugar dela, havia um prado onde eu me deitava com Maja e Barbara, onde Michael jogava bola e você corria sem atender aos chamados de *Pa'*.

Os sinos tocavam ao longe e, quando tocam pela última vez, talvez tenham um som diferente, porque naquela manhã parecia que entoavam uma música em que eu rememorava minha vida em Curon, que foi uma vida dura, mas suportável, porque mesmo as dores mais inclementes, como seu desaparecimento, eu vivi com seu pai, e nunca me senti derrotada a ponto de querer entregar a vida aos cães. Se tivessem nos perguntado naquele dia qual era nosso maior desejo, teríamos respondido que era continuar vivendo em Curon, naquele povoado sem possibilidade, de onde os jovens tinham fugido e aonde tantos soldados não tinham mais voltado. Sem querer saber nada do futuro e sem nenhuma outra certeza. Só ficar.

CAPÍTULO ONZE

Quando puseram TNT nas casas, já estávamos amontoados nos barracões. O barulho do TNT não é igual ao das bombas. É um barulho surdo, logo sobrepujado pelo do desabamento das paredes, do despedaçamento dos alicerces, do desmoronamento dos telhados. Até que só restem colunas de poeira.

De nosso buraco, ficamos olhando a execução. Erich, sem respirar. Eu, de braços cruzados. Na destruição das primeiras casas, apertei-me junto a ele, depois olhei as outras caindo sem sequer prender a respiração. Até que só ficou a torre do campanário, que, de Roma, a Superintendência dera ordem de poupar. Demorou quase um ano para a água cobrir tudo. Subiu devagar, sem parar, até a metade da torre, que desde então se projeta da água ondulante como o busto de um náufrago. Naquela noite, antes de ir dormir, Erich me disse que devíamos ir ao banco de Bolzano retirar a quota de dinheiro que nos cabia pelo *maso* e pelo campo, mas os gastos para chegar à cidade eram maiores que a quantia que receberíamos.

Muitos foram embora. De uma centena de famílias restaram umas trinta. Até a marcenaria de Michael acabou debaixo da água.

Para nós que ficamos, a Montecatini, além dos barracões, tinha montado um curral coletivo onde os animais ficavam o tempo todo trocando coices. Como os campos estavam submersos, Erich decidiu levar as vacas e os novilhos ao abate. Eu o acompanhei pela estrada que desce para San Valentino, e ao lado éramos seguidos pela margem da represa. Fleck vinha atrás, exausto e choramingando. Estava velho e andava como um aleijado. Estava sempre com queixumes, pedindo para ser coçado, e nos olhava com aqueles seus olhos invernais. Os novilhos avançavam amarrados um ao outro em fila indiana e olhavam inquietos para a água. Atrás vinham vindo as três vacas com suas passadas pesadas e os flancos bamboleantes. Por último, as ovelhas.

— Fique com ele também — disse Erich ao magarefe, indicando Fleck.

O magarefe olhou o cão sem falar. Erich lhe estendeu duas notas.

— Por favor, fique com ele também — repetiu.

Puxei-o pelo braço, dizendo que não fizesse aquilo, mas ele disse, severo, que era melhor assim.

Voltamos sem nada. O céu estava lácteo, percorrido por nuvens escuras. Aquelas que trazem temporais de verão. Não sei como, mas logo nos acostumamos a viver em 34 metros quadrados. Esse era o espaço concedido a cada família, independentemente do número de componentes. A mim aquela falta de espaço não desagradava. Tropeçar um no outro, ter de obrigatoriamente olhar na cara do outro quando se briga, debruçar-se na mesma janela era o que eu queria. E era só o que nos restava.

No ano seguinte compramos um televisor. Aos sábados convidávamos os vizinhos a ir assistir conosco, para não ficarmos sempre sozinhos. Quando Erich saía, eu deixava o rádio ligado, em volume tão baixo que parecia um lamento. Aquele fundo sonoro me distraía um pouco dos pensamentos de sempre, a que eu já não sabia dar nome.

Continuei indo à escola, ensinando a escrever, a ler histórias, a abotoar uniformes. De vez em quando ficava encantada com alguma menina, olhava-a nos olhos, observava seu modo de sorrir e me perguntava onde você estaria. Mas isso agora era raro. Sua imagem me fugia, já não me lembrava direito do som de sua voz. Você era como o voo de uma borboleta, lento e trôpego, mesmo assim difícil de agarrar.

Quando chovia, Erich ficava dentro, com os cotovelos nos joelhos, a cara entre as mãos, olhando para a parede. Eu sempre dizia que era só uma questão de paciência, logo construiriam uma casa de verdade para nós, e quem, como nós, tivesse perdido trabalho receberia uma indenização para sobreviver. Era o que diziam na prefeitura, na sede da província, da região. No entanto, demorou muito para eu poder entrar aqui, nesta casa de dois cômodos que me foi oficialmente destinada. Indenização nunca recebemos. Erich não viu esta casa porque morreu três anos depois, no outono de 1953. Morreu dormindo, como *Pa'*. O médico disse que ele sofria do coração, mas eu sei que foi o cansaço que venceu. Só se morre de cansaço. Cansaço causado pelos outros, por nós mesmos, por nossas ideias. Ele já não tinha seus animais, seu campo estava submerso, ele já não era camponês, não morava em sua cidade. Não era mais nada daquilo que queria ser, e a vida, quando não a reconhecemos, cansa muito depressa. Nem Deus basta.

As palavras que me voltam com mais frequência à memória ele disse certa manhã de primavera, na volta de um passeio. A água de repente tinha baixado e por algumas horas reemergiram as velhas paredes, os prados cobertos de relva e areia. Erich me tomou pela mão e me levou à janela.

— Hoje parece que em lugar nenhum mais há água. Ainda estou vendo a cidadezinha, a fonte com as vacas em fila para matar a sede, as extensões de cevada, os campos de trigo com Florian, Ludwig e os outros que os ceifavam.

Disse essas palavras com uma voz ingênua e por um momento ele me pareceu ser ainda o mesmo do tempo em que eu o espiava de trás do batente da porta, na casa de *Pa'*, e ele tinha cabelos loiros que iam lhe cair, irreverentemente, sobre os olhos.

Depois que ele morreu, peguei de seu paletó o caderno que ele me mostrara naquela noite. Desde que tínhamos ficado sem a comodazinha das meias, ele o carregava sempre consigo. Encontrei novos desenhos. Uma menina andando num arco-íris, uma menina dormindo no colo dele, uma menina pedalando a bicicleta, com os cabelos ao vento. Às vezes duvido que essa menina seja você, digo a mim mesma que é a filha de Michael, que de vez em quando Erich tinha vontade de ver e de levar passear. Gostava de ser chamado de vovô e de ir com ela atirar pedras na água. Não sei se quando estava com ela pensava em você, já que agora, como dizia ele, pensava em você sem pensar.

Além desse caderno, de um macinho de fotografias e de uma velha caixa de fósforos, não tenho mais nada dele. Não tenho mais nem aquele chapéu com viseira dobrada para cima que sempre usava quando era jovem. Suas roupas eu doei numa caminhonete que passa de vez em quando retirando roupas e sapatos para enviar aos pobres do outro lado do mundo. Talvez o único modo de continuar vivendo seja fazer-se outra pessoa, não se conformar em ficar parado. Certos dias me arrependo, mas isso me acontece a vida inteira. De repente preciso me desfazer das coisas. Queimá-las, rasgá-las, afastá-las de mim. Acho que é meu caminho para não enlouquecer.

Aqui atrás, acima da cidadezinha velha, fica o túmulo dele. É num pequeno cemitério que dá para o lago artificial. Poucos dias antes de porem TNT nas casas, um mestre de obras da Montecatini foi falar com padre Alfred; disse que cobririam o campo-santo com uma camada de betume. Então o padre Alfred o agarrou pelo pescoço, mandou-o ajoelhar-se sob o altar e obrigou-o a repetir o que havia dito diante do crucifixo. Depois o expulsou da igreja aos empurrões e foi correndo chamar Erich. Pela última vez Erich fez o giro de todas as propriedades. Pela última vez as pessoas, mesmo as que sempre tinham batido a porta na cara dele e reclamado de sua insistência, reuniram-se na frente da igreja e gritaram que nossos mortos não podiam ser submersos primeiro pelo cimento, depois pela água.

Ficamos na praça até noite alta, até que do carro dos carabineiros desceu o homem de chapéu. Com sua voz gelada, prometeu que encontraria uma solução. No dia seguinte, com máscaras, macacões impermeáveis e bombas de desinfetante a tiracolo, um punhado de operários mandados pela Comuna desenterrou os corpos e os transportou aqui para cima, na Nova Curon. Para ocupar menos espaço, os corpos foram transferidos para pequenos ossários e caixões de criança. Quando, muitos anos depois, padre Alfred morreu, foi sepultado perto de Erich. Sobre seu túmulo está escrito *Deus lhe conceda as alegrias do céu*. Sobre o de Erich não mandei escrever nada.

No verão, desço para dar uma volta e margeio o lago artificial. A represa produz pouquíssima energia. É muito mais barato comprar energia das centrais nucleares francesas. Em poucos anos, o campanário que se eleva da água parada tornou-se uma atração turística. Os veranistas passam por ele espantados, de início, e distraídos, pouco depois. Tiram fotos com o campanário da igreja atrás, todos com o mesmo sorriso retardado. Como se debaixo da água não estivessem as raízes dos velhos lariços, os alicerces de nossas casas, a praça onde nos reuníamos. Como se não tivesse existido história.

Tudo recobrou estranha aparência de normalidade. Aos parapeitos e às sacadas voltaram os gerânios, às janelas penduramos cortinas de algodão. As casas em que hoje moramos se parecem com as de qualquer outro burgo alpino. Quando as férias terminam, ouve-se pelas ruas um silêncio impalpável que talvez não esconda mais nada. Até as feridas que não têm cura param de sangrar mais cedo ou mais tarde. A raiva, mesmo a da violência que nos foi infligida, está destinada, como tudo, a amainar, a render-se a alguma coisa maior cujo nome não conheço. Seria preciso saber interrogar as montanhas para saber o que aconteceu.

O episódio da destruição da cidadezinha está resumida num abrigo de madeira, no estacionamento dos ônibus das agências de turismo. Há fotografias da velha Curon, dos *masi*, dos camponeses com animais, de padre Alfred conduzindo a última procissão. Numa delas também se vê Erich com os companheiros do comitê. São velhas fotos em branco e preto, debaixo do vidro de um mural, com legenda em alemão traduzida num italiano aproximativo. Há também um pequeno museu que abre as portas periodicamente para os poucos turistas curiosos. Daquilo que éramos não sobra outra coisa.

Olho as canoas fendendo a água, os barcos roçando o campanário, os banhistas deitados ao sol. Observo-os e me esforço para compreender. Ninguém pode entender o que há debaixo das coisas. Não temos tempo de parar e lamentar-nos por aquilo que existia quando não existíamos. Avançar, como dizia *Ma'*, é a única direção permitida. Caso contrário, Deus teria posto nossos olhos de lado. Como os peixes.

NOTA

A primeira vez que estive em Curon Venosta (Graun im Vinschgau, em alemão) foi num dia do verão de 2014. No largo, os ônibus descarregavam visitantes, ao lado chegavam e saíam multidões de motociclistas. Há um píer que é o lugar ideal para tirar fotografia com o campanário atrás. Ali, a fila para fazer selfie é sempre bastante longa. Aquela fila de pessoas armadas de smartphone foi a única imagem que conseguiu distrair-me do espetáculo do campanário submerso e da água que esconde os velhos burgos de Resia e Curon. Não sei encontrar nada que demonstre com mais clareza a violência da história.

    Daquele verão até hoje voltei diversas vezes a Curon e, quando estava longe, a lembrança e a imagem daquele povoado de montanha quase na fronteira com a Suíça e com a Áustria me acompanharam sem cessar. Durante alguns anos estudei tudo o que pude, cada texto e documento que encontrei. Pedi a ajuda de engenheiros, historiadores, sociólogos, professores, bibliotecários. E, sobretudo, ouvi as testemunhas, hoje idosas, daqueles anos violentos. Também gostaria de ter entrevistado alguém da Edison — ex-Montecatini, a grande empresa que executou a construção da represa —, mas ninguém nunca considerou a possibilidade de me conceder um encontro, de responder a meus e-mails ou aos meus telefonemas. É pena, teria sido muito interessante consultar os arquivos deles e fazer algumas perguntas. (Por exemplo: de que modo e por que morreram 26 trabalhadores durante as obras? Com que grau de atenção foram avaliadas as consequências sociais, econômicas e psicológicas dos desapropriados? A empresa reconhece responsabilidades éticas e morais nos comunicados feitos à população, visto que todos ocorreram numa língua que os habitantes não entendiam? É verdade — como relata o cotidiano *Dolomiten* de 7 de setembro de 1950 — que dez dias depois da submersão de Resia e Curon a Montecatini organizou uma competição de veleiros no lago?)

Com frequência, sobrepus à história de Curon a história do Alto Adige — Südtirol —, mesmo sabendo que aquele povoado, como todas as realidades pequenas e fronteiriças, teve dinâmicas às vezes mais específicas. De resto, a história dessa região — único lugar da Europa onde se sucederam sem solução de continuidade fascismo e nazismo —, embora já existam diversos textos, inclusive ficcionais, que falam dela, a meu ver é a uma página da história da Itália não só dolorosa e controversa, como também digna de ser contada.

Quanto à história da represa, segui as etapas fundamentais que emergem da bibliografia e dos testemunhos, romanceando-o e narrando apenas os episódios mais relevantes. A alteração da toponomástica e do ritmo dos acontecimentos e a inserção de páginas ficcionais evidentemente decorrem das exigências narrativas. O romance, aliás, não pode prescindir da falsificação e da transfiguração. Portanto, como é praxe declarar, as personagens são inventadas, e qualquer referência a pessoas e coisas é puramente casual. Foram necessárias referências às personagens históricas mencionadas (inclusive padre Alfred, inspirado no pastor Alfred Rieper, pároco de Curon por cerca de cinquenta anos), assim como aos fatos narrados, que não me parecem prejudicados em sua substância, mesmo quando filtrados pela minha livre criação.

A mim — aliás, isso talvez ocorra com muitos escritores — não interessava a crônica da história do Alto Adige nem a dos acontecimentos de um dos tantos povoados esmagados por interesses político-econômicos invencíveis para pessoas comuns (que, por outro lado, precisariam ser analisados de uma perspectiva bem mais ampla e imparcial do que pode ser feito por um romance). Ou melhor, esses fatos me interessavam, mas como ponto de partida. Se a história daquela terra e da represa não me tivesse parecido desde logo capaz de abrigar uma história mais íntima e pessoal, através da qual fosse possível filtrar a História, se ela não me parecesse de imediato ter um valor mais geral para falar de descaso, fronteiras, violência do poder, importância e impotência da palavra, eu não teria encontrado interesse suficiente para estudar aqueles acontecimentos e escrever um romance, apesar do fascínio que tal realidade exerce sobre mim. Teria ficado, eu também, boquiaberto a olhar o campanário que parece flutuar na água, teria me debruçado no píer para tentar avistar os restos daquele mundo debaixo do espelho do lago e depois, como todos, teria ido embora.

M. B.

AGRADECIMENTOS

Limito-me aos agradecimentos imprescindíveis, porque para este livro a lista seria longa demais. Antes de tudo, agradeço a Alexandra Stecher por seu preciosíssimo texto *Eingegrenzt und Ausgegrenzt: Heimatverlust und Erinnerungskultur* e por sua disponibilidade; a Elisa Vinco, por várias vezes ter me ajudado a traduzir do alemão; ao deputado Albrecht Plangger, por ter organizado para mim um *tour* por Resia e Curon para encontrar numerosos estudiosos e testemunhas; a Carlo Romeo, pela consultoria histórica e pelas preciosas sugestões bibliográficas; à professora Letizia Flaim, por me ter possibilitado o conhecimento de considerável bibliografia sobre as escolas clandestinas (por meio de seu livro *Scuole clandestine in Bassa Atesina: 1923-1939*, escrito com Milena Cossetto). Devo um obrigado especial a Florian Eller e, mais que todos, a Ludwig Schöpf, professor, um poço de informações sobre esses fatos, além de intérprete extraordinário, que me permitiu entrar em contato com as testemunhas e sua língua. Agradeço a meu agente, Piergiorgio Nicolazzini, pela discrição e pela atenção com que acompanhou e respaldou o projeto. Finalmente, obrigado aos amigos que leram o romance antes da publicação, sem poupar críticas e observações. Em especial, a Irene Barichello, Alberto Cipelli, Francesco Pasquale e Stefano Raimondi, que acompanharam a redação do romance passo a passo.

E obrigado, como sempre, a Anna, que sabe extrair de mim as palavras que acredito não conseguir encontrar.

Este livro foi composto na tipografia
Adobe Garamond Pro, em corpo 12/16, e
impresso em papel off-white no Sistema Cameron
da Divisão Gráfica da Distribuidora Record.